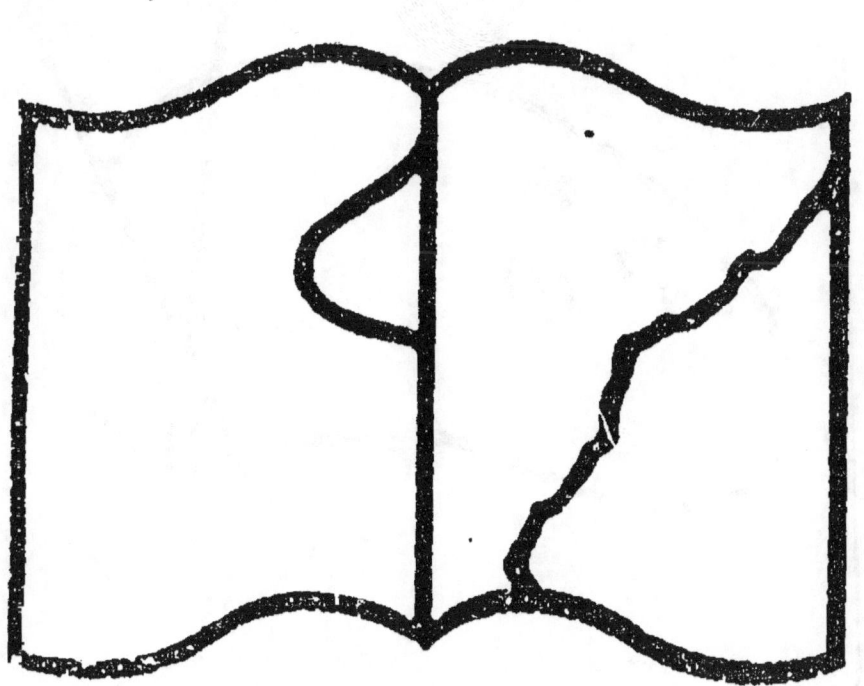

Couvertures supérieure et inférieure
détériorées

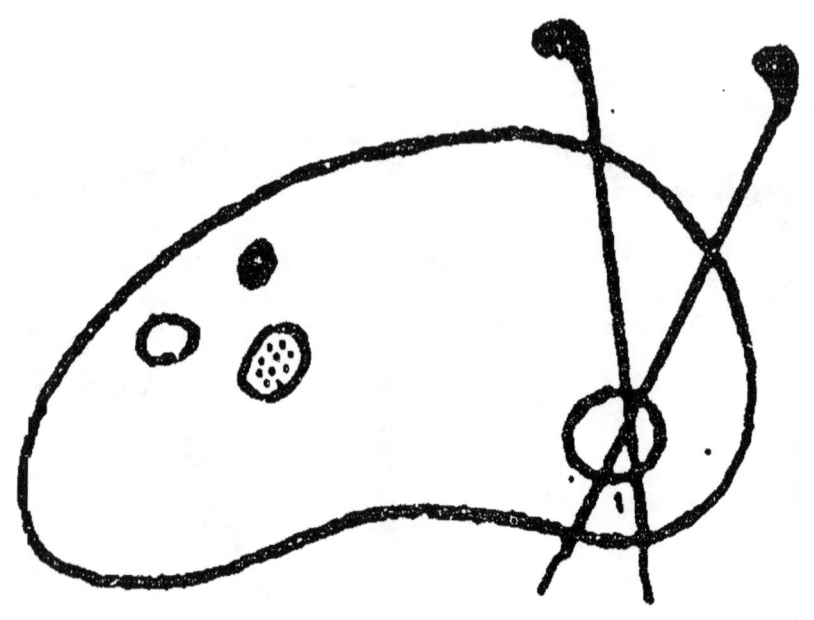

Début d'une série de documents
en couleur

(TYPOGRAPHIE)

LÉON DE TINSEAU

Les Mémoires

d'un

Beau=Père

— ROMAN —

HUITIÈME ÉDITION

DERNIÈRES PUBLICATIONS

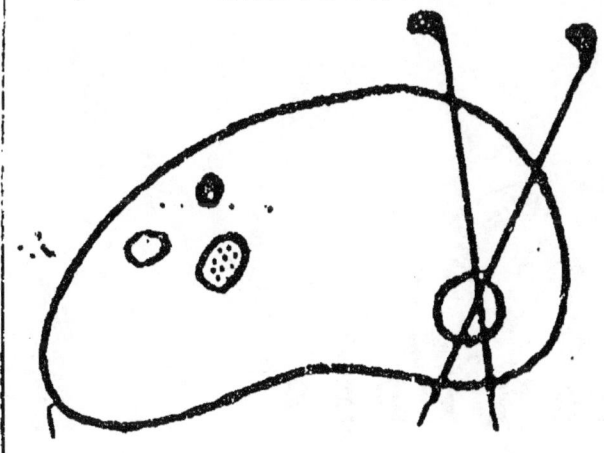

Fin d'une série de documents
en couleur

(TYPOGRAPHIE)

LES MÉMOIRES

D'UN

BEAU-PÈRE

CALMANN-LÉVY, ÉDITEURS

DU MÊME AUTEUR
Format grand in-18.

ÉDITIONS ILLUSTRÉES

8993-5-19. — Coulommiers. Imp. PAUL BRODARD. — 9-19.

LÉON DE TINSEAU

LES MÉMOIRES

D'UN

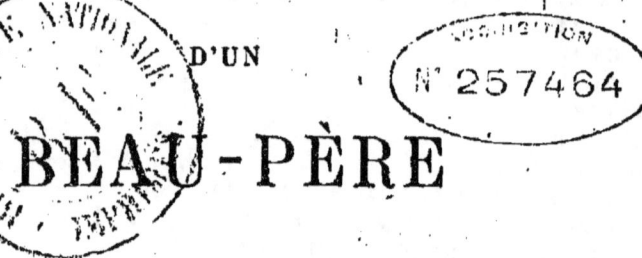

BEAU-PÈRE

C · L

PARIS

CALMANN-LÉVY, ÉDITEURS

3, RUE AUBER, 3

PRÉFACE

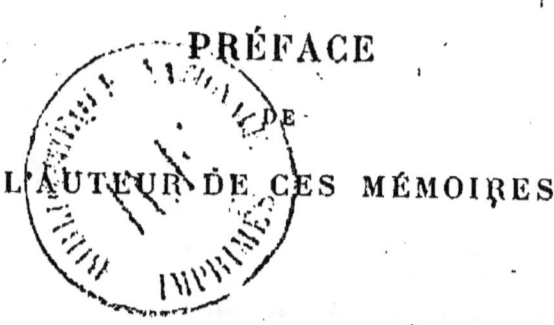

DE

L'AUTEUR DE CES MÉMOIRES

Le directeur d'une banque parisienne, même de moyenne importance, n'a pas beaucoup de loisirs. Cependant je trouve une heure, par-ci par-là, pour m'adonner à la lecture. Je n'ouvre jamais un roman, soit dit sans faire tort aux romanciers, qui sont des gens fort estimables. Mais j'ai eu dans ma vie une aventure romanesque — une seule! Elle a tenu dans la moitié d'une après-midi, m'a coûté pas mal d'argent, et n'a pas eu pour effet d'accroître

- *a*

mon autorité dans le ménage. De là mon
éloignement marqué pour les histoires
d'amour qui, pendant trois cents pages,
font défiler sous mes yeux le récit connu
d'avance des serments jurés et trahis,
des rendez-vous incommodes, des comé-
dies abjectes, des scènes, des scandales,
enfin de toutes les choses tragiques ou
désagréables qui constituent les œuvres
de ce genre.

Ma préférence va aux Mémoires. J'en ai
lu quelques grands et plusieurs petits.
Les premiers, j'entends ceux qui étaient
signés de noms illustres, m'ont causé
plus de fatigue que de plaisir. Ils se
développent dans une autre planète. On
ne me demandera jamais de refaire la
carte des Empires, d'élever plus ou moins
mal un futur souverain, ni de servir ses
passions quand il aura grandi.

Par contre, les petits Mémoires m'amu-
sent. J'y retrouve les qualités et les défauts

dés gens qui m'entourent. Peut-être sont-ils moins bien écrits; mais ils ont dû être écrits facilement, sans torture d'esprit, le sourire sur les lèvres. L'idée m'est venue d'essayer, pour voir si je pourrais atteindre ce niveau modeste. Il ne s'agit pas, toutefois, de raconter ma vie entière. Je n'en aurais pas le temps, ni, surtout, la patience. Mon essai ne sera qu'un extrait. Je me donne comme devoir d'écolier une assez courte période pendant laquelle j'ai dû accomplir cette besogne redoutable pour un père : trouver un mari à ma fille et une femme à mon fils.

Puis-je prétendre les avoir *trouvés?* C'est là que les critiques m'attendent. Chicaner sur les mots est leur métier. J'ai fait le mien, d'une façon ou de l'autre : mes enfants sont pourvus, et bien pourvus, selon toute apparence. Napoléon, dans ses Mémoires de Sainte-Hélène, n'a pas pu en dire autant.

Maintenant je laisse courir ma plume comme elle voudra, ou plutôt comme elle pourra. Mes études littéraires furent arrêtées de bonne heure. La dentelle qui ornait les manchettes de Buffon à sa table de travail ne flotte pas sur mes poignets. Ce que je cherche avant tout c'est de m'amuser. Pour imiter les Mémoires que je prends pour guides, commençons par un peu de biographie.

LES MÉMOIRES

D'UN BEAU-PÈRE

I

Alexandre Becerteux, mon père, naquit à
Elbeuf peu avant la Révolution. Elle passa
pour lui à peu près inaperçue, d'abord à
cause de son jeune âge, puis aussi parce que
sa mère, veuve, petite bourgeoise de haut
bon sens, se tenait à l'écart de la politique.
Il avait reçu de l'instruction, et ma grand'-
mère lui chercha de bonne heure un emploi
conforme à ses goûts et à ses moyens, car il
n'était pas question de vivre de ses rentes.
Avant que le choix pût l'embarrasser sérieusement, la conscription du premier Empire
décida son métier, et lui fit parcourir l'Eu-

rope avec un sac de grenadier sur le dos. Tout alla bien — du moins pour lui — jusqu'à la bataille de Leipzig où il eut « la chance », comme il disait, de perdre le bras gauche. « C'eût été bien pis si le boulet eût passé à droite. » On voit que le cher homme n'était pas geignard : il avait été à bonne école.

Malgré cette « chance », on admettra que son sort n'avait rien qui pût faire envie, quand il se trouva sur le pavé de Paris, avec sa solde de capitaine (bientôt devenue demi-solde) pour toute ressource, en y ajoutant les quelques louis de sa pension et de sa croix. Il ne voulut pas retourner à Elbeuf où ma grand'mère ne l'attendait plus, Ayant chargé un ami, le seul qu'il y possédât, de faire vendre sa maisonnette, il en déposa le prix minime chez un petit escompteur que lui recommandait cet ami dont je parlerai un peu plus loin. Cette opération amena entre le banquier minuscule et son client quelques rapports d'affaires, puis une certaine intimité. Assez tôt après, l'escompteur mourut, n'ayant pas fait fortune, et laissant une veuve, ce qui était tout ce qu'il pouvait laisser, ou peu s'en faut. La veuve avait pris de l'affection pour mon père, dans une mesure qu'il ne m'appartient pas de rechercher. Ce qui est l'essentiel, c'est qu'ils contractèrent un mariage, dont je fus la seule conséquence.

Grâce à des dispositions remarquables chez le successeur du défunt, jointes à un travail acharné, l'établissement qui avait végété jusqu'alors prit une meilleure allure. Mon père put s'établir dans un local moins étroit, rue Laffitte. Je l'ai agrandi encore; il est devenu la Banque Lecerteux dont je suis le chef.

Retournons à l'ami de mon père, qui se nommait Richard Cantagrel. Du même âge, partis d'Elbeuf le même jour, dans le même régiment, ils avaient toujours combattu côte à côte et ne s'étaient séparés qu'au moment de la dislocation finale des armées. Cantagrel s'était retiré et s'était marié à Elbeuf qui est aujourd'hui la première ville du monde.... pour la fabrication du drap : il faut n'avoir jamais porté une redingote pour l'ignorer.

C'est, de plus, une charmante et intéressante petite cité, ayant tout pour elle, sauf l'erreur d'être située sur la rive gauche de la

Seine, qui n'est pas la bonne. La bonne, c'est
la droite, longée par le chemin de fer de
Rouen et du Havre, où passe le monde
entier. Êtes-vous jamais allé à Elbeuf, si le
hasard ne vous y a pas conduit?

Donc, tandis que mon père s'échouait à
Paris, son camarade Cantagrel regagnait la
petite maison normande, où ses frères et
sœurs travaillaient activement au tissage de
la fameuse étoffe. En ce temps-là, chose peu
connue sans doute, les draps les plus fins
sortaient des métiers à bras des paysans. Les
fabriques monumentales, qui élèvent aujour-
d'hui vers le ciel leurs cheminées et leurs
nombreux étages, achèvent à peine de sortir
du sol.

Les voyages, même accomplis au bruit du
canon, avaient élargi les idées de Cantagrel.
On peut dire qu'il fit preuve de génie en
abandonnant sa navette pour centraliser la
production de ses voisins et se charger de
la vente au grand commerce. L'idée n'était
pas mauvaise, car sa maison prit assez vite
une importance considérable, qui ne cessa
d'augmenter. D'autres, naturellement, sui-
virent l'exemple de ce précurseur. Mais
son fils Désiré qui lui succéda, de même que

j'ai succédé au manchot de Leipzig, est aujourd'hui l'un des rois de la draperie elbovienne.

Héritiers de pères qui avaient été camarades intimes, Désiré et moi risquions fort de nous perdre de vue, car je ne suis jamais allé à Elbeuf. Le temps me manque et, en vrai Parisien de Paris, j'ai l'horreur de la province. Mais la province est venue à moi.

Le moment arriva où Cantagrel eut besoin d'un banquier sur notre place, et mon nom, qu'il n'avait pas oublié, fixa son choix ainsi qu'il était naturel. J'encaisse les traites qu'il fournit sur le commerce en gros de la capitale. D'autre part, je paye les laines qu'il achète non seulement en France, mais aussi en Écosse et autres lieux. C'est un mouvement de fonds considérable : je n'ai pas de meilleur client que lui.

Et, comme il est obligé de venir à Paris de temps à autre, pas fréquemment d'ailleurs, nous avons renoué l'amitié de la génération précédente. Quand Désiré fait une apparition dans la capitale, toujours il déjeune avec moi, au restaurant, car j'habite Suresnes ainsi que je l'expliquerai. Il est rare qu'il consente à dîner à ma villa des

Glycines, parce que sa fabrique ne peut pas
se passer de lui longtemps.

Un jour, avant de retourner à Elbeuf,
mon ami me demanda un entretien dans
mon bureau privé. Il débuta par m'offrir
un superbe saumon pour ma femme. Sa
bonne face normande était épanouie encore
plus que d'habitude. Je compris, le connaissant, qu'il s'agissait d'une affaire délicate
et sérieuse.

— Casimir, commença-t-il, mon fils aîné
est marié. Mais le second ne l'est pas, et
vous avez une fille. Comprenez-vous?

— Très bien, répondis-je sans faire la
bête. Mais ma fille est bien jeune.

— Si elle était vieille, je n'aurais pas
entamé cette conversation. Théodore vient
tout juste d'avoir vingt-six ans. Et c'est un
beau gars, sans me vanter.

— Sur ce point, votre parole me suffit.
Mais je ne connais pas le jeune homme.

— Moi, je connais votre fils unique, et je
vous demande — ne voyez rien de désobli-
geant dans la question — si vous comptez
sur lui pour mener la Banque Lecerfeux,
quand l'âge du repos aura sonné pour vous.

Cantagrel avait touché le défaut de ma

cuirasse. Tâchant de ne pas le laisser voir, je répondis :

— S'il s'agissait de passer la main à Fernand la semaine prochaine, j'y regarderais à deux fois, peut-être; Mais j'ai encore bon pied bon œil; et, quand il aura jeté sa gourme...

— Nous verrons apparaître en lui le modèle des époux et des pères de famille : je ne veux pas en douter. Croyez-vous toutefois que les vertus qu'il aura pu acquérir, en plus de celles qu'il possède, feront jamais de lui un homme d'affaires et un homme de chiffres?

Vexé de cette insistance, je ripostai un peu durement :

— Alors, c'est tout à la fois un gendre et un successeur que vous m'apportez en même temps qu'un saumon pour mon dîner?

— Contentons-nous du saumon pour aujourd'hui. Raisonnons seulement. Vous connaissez mieux que personne mon portefeuille. Quant à ma situation à Elbeuf, vous la jugeriez si vous veniez me voir. Tout le monde me salue. Si j'en avais le moindre désir, il y a beau temps que je serais Conseiller Général.

Par là, sans l'articuler, il faisait ressortir mon infériorité de Parisien perdu dans la foule. Mais, comme on dit en Normandie, je tenais le bon bout puisque j'étais le père d'une fille qu'il convoitait pour son fils.

Retranché sur mes positions, je lui donnai à entendre que notre conversation ne menait à rien, puisque je n'avais jamais aperçu Théodore. C'est là qu'il m'attendait.

— Faites un signe et vous le verrez. Vous aurez vite pris sa mesure. En voilà un qui ne jette pas sa gourme! Il travaille à côté de moi et autant que moi, ce qui n'est pas peu dire. Je ne pratique pas votre système d'éducation pour les jeunes gens; mais ceci vous regarde. Théodore est un garçon sérieux, de jugement sûr, de caractère aimable, dévoué à ses parents, affectueux et déférent pour son frère aîné qui doit continuer la maison...

Bref, Théodore était un gendre idéal. Mais ces éloges dans la bouche d'un père, et d'un père Normand, devaient être accueillis avec réserve, pour ne pas dire plus. Je demandai à réfléchir, ce qui est chez moi une tactique, même quand il s'agit d'affaires moins graves. Cantagrel tint bon :

— Vous réfléchirez bien mieux quand vous

aurez l'objet en mains, pour parler comme
les commissaires-priseurs. Que diable! Vous
ne pouvez pas me refuser la permission de
vous envoyer mon fils. Quel motif auriez-
vous, puisque cela ne vous engage à rien?

Il m'était difficile, en effet, de refuser la
permission demandée. Cantagrel me força
la main, en quoi il commit une maladresse.
La contrainte m'est odieuse. Je cède; mais
je conserve toujours quelque rancune. Déjà
Théodore ne m'était plus absolument sympathique. Entre son père et moi un arran-
gement fut conclu sur les bases suivantes qui
m'offraient toute garantie :

1° Théodore Cantagrel entrait chez moi
censément comme employé, afin d'apprendre
le mécanisme d'une banque, son père ayant
le projet de fonder à Elbeuf un établissement de ce genre.

2° Il ne recevait pas d'appointements, et
j'avais toute latitude de me séparer de lui
quand la chose me conviendrait. Toutefois
je promettais de trouver à cette séparation
un prétexte qui lui ôtât tout caractère
fâcheux pour le jeune homme.

3°, Le père de celui-ci s'engageait sur
l'honneur à tenir son fils dans l'ignorance

1.

absolue du motif réel de son admission dans
mes bureaux.

4° Parallèlement, je donnais ma parole
de garder le secret envers tout le monde.

Sur cet article, Cantagrel proposa de
lui-même un amendement.

— Ne promettons jamais ce que nous
ne pouvons pas tenir, corrigea-t-il. Mettez
votre femme dans la confidence *proprio motu*.
Vous lui ôterez la peine de vous l'arracher
tôt ou tard. Je la connais : vous serez d'autant plus sûr de sa discrétion si vous jouez
cartes sur table.

Cette fois je ne discutai pas, ayant quelque
expérience de la vie conjugale.

Une poignée de mains scella le traité.

— Vous verrez le garçon dans une hui-
taine de jours, dit Cantagrel en me quittant.

II

Écrire des Mémoires est une chose moins
facile que je ne l'aurais cru. J'ai trop laissé
« courir ma plume », et je m'aperçois que
ma partie biographique est restée en l'air,
juste au point où elle devient intéressante
pour l'auteur, puisque le moment est venu
de parler de lui. Esquissons d'abord mon
portrait physique et moral, habitude invariable chez les modèles que je me propose
d'imiter.

J'ai cinquante ans, et ne parais ni plus
vieux ni plus jeune que mon âge. De taille
moyenne, j'évite l'embonpoint ; c'est plutôt
le défaut contraire que je pourrais craindre.

Je suis blond, avec des yeux gris que l'on
s'accorde à trouver expressifs sous les
lunettes d'or nécessitées par la fatigue des
chiffres. Mon nez est busqué. Pour corriger
la longueur un peu excessive du visage, mon
coiffeur, à l'époque où je m'essayais à une
coquetterie bien oubliée depuis, me fit
adopter les minces favoris en nageoires, avec
les joues rasées. La calvitie apparaît sous
forme d'une tonsure légère, qui m'ennuierait
moins si, placée trop bas, elle ne débordait
en demi-lune sous mon couvre-chef. Un
artiste qui, peignant mon portrait, a raté la
ressemblance, s'est excusé sur ce que mon
menton trop court avait eu besoin d'être
allongé pour donner plus de force à la physionomie. Je n'attache pas d'importance à
un argument de pure esthétique, et je trouvai
à part moi qu'on aurait bien pu me consulter. J'ai payé le portrait : il faut toujours
en venir là avec ces messieurs.

Mon docteur et ami Thévenin, qui tiendra
une grande place dans ces Mémoires, déclare
que mon tempérament est bilieux. Cependant mes digestions sont faciles. Je suis bon
mais susceptible; l'injustice m'est insupportable. D'une volonté tenace au fond, je ne

suis pas obstiné outre mesure et cède le
moment venu. Voilà mon portrait à la
plume, pas flatté, celui-là.

Mon père resté veuf et prévoyant une fin
prochaine m'a pressé de me marier de
bonne heure. Mes mœurs, que je qualifierai
d'irréprochables, me disposaient à lui obéir.
J'épousai la fille d'un éditeur de musique,
notre voisin, dont je fréquentais la maison.
Elle avait quelque fortune, dont je lui laissai
l'usage, ne voulant pas discuter le contrat.
Pour ne pas mentir, le coup de foudre
n'éclata ni d'un côté ni de l'autre, mais mon
ménage est heureux.

Nos goûts sont les mêmes, sur un point,
sinon sur quelques autres : nous préférons
la vie de la campagne, j'entends de la campagne suburbaine où, pour la même dépense,
on peut s'installer dix fois plus confortable-
ment qu'à Paris,

J'ai fait l'acquisition de la plus jolie villa
de Suresnes, baptisée « les Glycines », qui
est complétée par de vastes dépendances. De
là j'ai une vue superbe sur le Bois de Boulogne, avec la grande cité un peu confuse à
l'arrière-plan.

Chaque soir j'y reviens, et me repose de

mon travail entre ma femme Victorine et
ma fille Antoinette, qui sont des amies l'une
pour l'autre.

J'en dirai autant de moi et de mon fils
Fernand, avec cette différence considérable
que je le vois fort peu. Je le considère
comme un type véritablement curieux du
jeune homme d'aujourd'hui, méritant les
honneurs d'un paragraphe qui allégera la
suite de l'action dans ces Mémoires et m'évi-
tera de nouveaux zigzags. Mais comment
faire pour aller droit?

Quand il sortit du collège, la grosse question du choix d'une carrière se posa devant
mes yeux, non sans me causer une troublante
préoccupation. Je ne connaissais pas encore
mon fils! Déjà, sur les bancs de la classe,
il avait cultivé l'art des « relations ». Les
siennes, innombrables, se dirigeaient volontiers dans le sens des résultats pratiques.
C'est pourquoi, peu après ses vingt et un ans,
il nous produisit une lettre qui l'attachait
au cabinet du sous-chef de cabinet d'un sous-
directeur des Beaux-Arts.

N'ayant pas, à cette époque, l'expérience
des « attachements » de ce genre, je pris
la chose très au sérieux et, comme consé-

quence immédiate, consentis à payer la
dépense de son voyage en Italie, où il était
envoyé, d'après lui, pour étudier — à mes
frais — les grands maîtres, et se préparer
à ses nouvelles fonctions. Il comptait même
pousser jusqu'en Grèce; mais, renseignements pris sur les hôtels et la cuisine
d'Athènes, il jugea que le Parthénon pouvait attendre. Soit dit en passant, le Parthénon attend toujours.

Il partit, emportant un magnifique passe-
port officiel, plus ma bénédiction renforcée
d'une lettre de crédit fort honorable. En lui
remettant la cédule, je prononçai le discours
suivant qui, pour être court, n'en était que
plus impératif dans les déclarations for-
mulées :

— Écoute-moi bien. J'espère que tu nous
donneras souvent le plaisir de recevoir tes
lettres. Mais ne perds jamais ton temps à
m'écrire pour demander un envoi supplémentaire de fonds. Ta lettre serait mise au
panier. Tant qu'il s'agit d'affection, tu peux
compter sur moi comme sur le meilleur des
pères. En matière d'argent, le père disparaît
et fait place au banquier Lecerteux, à cheval
sur les chiffres.

— Papa, répondit-il, je vous connais. S'il m'arrive d'être à court, je reviendrai à pied, en quêtant le pain et le gîte, ou je me ferai nommer camérier du Pape.

Je suis certain qu'il y fût arrivé par « ses relations ». Mais il se contenta d'obtenir une audience de Pie IX. A son retour, qui eut lieu plus tôt que je ne l'attendais, il nous en donna un compte rendu fort édifiant, qu'il termina par cette conclusion imprévue :

— Papa n'aurait qu'un mot à dire pour être le comte Lecerteux. J'ai un cardinal dans ma manche.

Antoinette se mit à rire ; ma femme resta sérieuse. Quant à moi, Fernand aurait aussi bien pu me proposer de me faire pacha. Je connais plusieurs vraies comtesses. Les unes viennent à ma banque pour me consulter sur un placement ; car j'ai bonne réputation. (J'ai oublié de dire que je fais partie du Conseil de Fabrique de ma paroisse.) Les autres, hélas ! viennent m'emprunter les épargnes déposées chez moi par leurs domestiques. Toutes riraient de mon titre battant neuf ; les riches comme les pauvres — surtout les pauvres. Et je ne les verrais plus, par-dessus le marché.

— Mon ami, répondis-je à Fernand, j'espère que ton cardinal voudra bien mourir avant moi. Dans le cas contraire, tu seras libre de te faire comtifier. Mais, si je peux voir de là-haut ce qui se passe dans ma famille, je te préviens que je ne serai pas content.

Après son retour d'Italie, notre attaché au Ministère des Beaux-Arts devint *quelqu'un*, et je ne rougis pas d'avouer qu'il flatta mon orgueil paternel. J'aimais à l'entendre causer Galeries avec les artistes; opéras avec sa mère et sa sœur qui sont de féroces musiciennes; brigands des Abbruzzes avec les femmes avides d'émotion; Cour Papale avec les membres du clergé. Il faisait éclater son bon sens par le choix des sujets selon son public, et surtout par le soin qu'il mettait à n'être pas ennuyeux, à ne pas « tenir longtemps le crachoir », ainsi qu'il disait dans son argot réservé au cercle intime. Partout j'entendais répéter : « Votre fils est charmant! » Et, ma foi, si j'avais protesté contre l'éloge, c'eût été pour le trouver banal.

Le voyageur prit aux Glycines un repos suffisant, coupé par des visites fréquentes à Paris, afin de prendre l'air du bureau; du

moins il leur attribuait ce motif. Cette
période de calme achevée, il aborda un
sujet auquel, d'ailleurs, j'étais favorable-
ment préparé.

— Aux Beaux-Arts, prononça-t-il, on
s'étonne de me voir habiter si loin de mon
Ministère.

L'objection assez naturelle vint sur mes
lèvres :

— Je n'habite pas beaucoup plus près de
ma banque, qui ne réclame pas moins ma
présence.

— Évidemment, admit-il. Mais je ne vous
apprends pas que les attachés de monsieur
le Ministre sont, par destination, les dan-
seurs obligés de madame. La saison va
reprendre. Me voyez-vous revenant dormir
à Suresnes après avoir frotté les parquets
jusqu'à cinq heures du matin.

Je compris que l'heure était venue de
mettre la bride sur le cou de mon jeune
poulain. Toutefois, selon mon habitude, je
lui demandai le temps de réfléchir.

Ma réflexion était toute faite. Le lendemain je me mis en quête d'une garçonnière
convenable, et découvris sans trop de peine
un rez-de-chaussée meublé dans la rue de

l'Arcade. Il était sombre, et le soleil ne devait
pas s'y montrer de bonne heure. Mais je
prévoyais que Fernand aurait trop souvent
l'occasion de voir le lever du soleil dans la
rue pour regretter ce spectacle chez lui. De
fait, je ne l'entendis jamais s'en plaindre.

Les arrangements conclus, je fis part à
l'intéressé du *modus vivendi* que j'établissais
entre nous, et sur lequel je serais inflexible :

— Ton désir d'habiter Paris était raison-
nable et va recevoir satisfaction. Je t'ai loué
un joli appartement que nous visiterons tout
à l'heure, et qui te plaira. Une femme sûre
fera ta cuisine, et ton service, le tout à mes
frais. Tu enverras toucher à ma caisse les
factures des fournisseurs de ta toilette. Mais
pas de bêtises! Pas d'emprunts déguisés. Le
fils d'un de mes clients lui a présenté en
guise d'étrennes la note de son coiffeur,
s'élevant à cinq mille francs pour l'année. On
sait ce que cela veut dire. Tu toucheras une
pension de vingt-cinq louis par mois....

— Très chic, papa, je vous remercie.

— Tant mieux si tu es content. Raison de
plus pour accorder une attention sérieuse à
ce que je vais te dire : ne me demande
jamais un sou en dehors de tes cinq cents

francs; j'aurais le chagrin de refuser. Et, à la première apparition d'un créancier sous une forme quelconque, tu reviendrais vivre à Suresnes. Maintes fois je t'ai entendu répéter que tu me connais, ce qui est la vérité fort heureusement. Moi aussi je te connais. Je dormirai tranquille si j'ai ta parole que tu ne feras pas de dettes.

— Vous avez ma parole, répondit-il en me tendant la main.

Je m'empresse de dire qu'il n'y a jamais manqué. N'empêche que j'appris bientôt que Fernand montait au Bois un assez joli cheval; mais je n'en fus pas troublé et feignis l'ignorance. Victorine a le moyen de gâter son fils et l'a toujours fait, sans produire, Dieu merci! un gommeux insupportable. Il a trop de bon sens pour tomber dans le ridicule.

Au lieu d'un paragraphe, voilà un chapitre entier sur ce jeune homme. Je le quitte, certain de le retrouver tôt ou tard, où et quand, je n'en sais rien. Ma plume ressemble à ces chevaux peu dressés et mal conduits, qui tirent à droite lorsqu'on les pousse à gauche, et refusent de s'arrêter au commandement. Patience! Avec de l'application et du travail je me ferai la main pour la suite de cette œuvre.

Maintenant, le terrain déblayé, j'entame les Mémoires d'un beau-père dans le vrai sens du mot.

III

Par une belle fin d'après-midi de septembre 1868, je quittais la gare de Suresnes où m'avait amené, comme chaque jour, le train de cinq heures cinquante, venant de Saint-Lazare. Comme chaque jour, également, j'avais voyagé avec mon ami Vaugrenier, directeur du *Furet*, habitant Suresnes, à mon exemple, sauf qu'il est célibataire. Son médecin, à la suite d'une légère attaque, dont il s'est bien remis, lui a conseillé de ne pas attendre la seconde pour renoncer à la vie joyeuse qui est celle des Parisiens de son espèce quand s'allume le gaz et quand la fête commence. Désirant mourir vieux, si la chance le permettait, il a suivi le conseil.

Ses bureaux ne sont pas loin des miens, rue Laffitte. Il essaye d'avoir un dépôt de fonds chez moi, sans être jamais capable de l'y maintenir longtemps, vu ses condamnations fréquentes à des amendes et dommages-intérêts, pour cause d'incursions de son journal dans la vie privée, car le *Furet* mérite bien son titre.

Il se rattrapait de ses soirées tranquilles en déjeunant chaque jour chez Bignon, en compagnie des plus fameux boulevardiers de l'époque. C'est là qu'il récoltait les amendes de son journal, autrement dit les potins frais éclos. J'en avais la primeur pendant le trajet de Paris à Suresnes; après quoi j'en égayais la veillée conjugale quand les anecdotes n'étaient pas trop vertes. Car ma femme.... Mais le chapitre de ma femme trouvera sa place plus loin.

Vaugrenier avait pour moi une inclination qu'il expliquait à sa manière. Il m'avait dit un jour :

— Lecerteux, savez-vous ce qui m'attire le plus dans votre personne? De tous les Parisiens que je fréquente, vous êtes le seul qui ne soyez pas « un homme d'esprit ».

Votre conversation me repose. Restez ce que
vous êtes. Ne venez jamais déjeuner chez
Bignon : vous perdriez tout votre charme.

Il pouvait être tranquille. Je serais mort
de faim plutôt que d'affronter ce cénacle. Et
je me consolais fort bien de n'être pas « un
homme d'esprit » en songeant à part moi
que Vaugrenier, malgré tout, n'aurait pas
recherché chaque jour sa place dans mon
compartiment si j'avais été une bête.

A la descente du train, nous nous amu-
sâmes du costume d'un voyageur qui se
hâtait vers la sortie. Dans la foule des
canotiers de paille et des vestons clairs, son
chapeau haut de forme à huit reflets, sa
belle redingote noire formaient contraste.
Vaugrenier en fit gorge chaude :

— Idée bizarre de s'affubler ainsi par cette
soirée étouffante pour s'ébaudir à la campagne!... Au revoir, cher ami. Après dîner
j'irai demander un verre d'orangeade à la
châtelaine des Glycines.

Il me quitta, sans se douter, ni moi non
plus, que nous serions brouillés dans quelques heures.

Je n'avais qu'à marcher cinq minutes
pour gagner ma maison: Elle possède,

comme je l'ai dit, une terrasse fort élevée,
soutenue par une muraille qui longe le
boulevard. Malheureusement, pour résister
à la poussée du terrain, il a fallu étayer cette
muraille par des contreforts produisant, de
distance en distance, une saillie sur l'alignement.... Ici je touche à une souffrance quoti-
dienne de mon orgueil de propriétaire.
D'aucuns, probablement, vont sourire à cette
confession.

Dans un village où la police et le raffine-
ment des mœurs sont inconnus, on devine
que mes contreforts sont trop souvent
détournés de leur destination véritable. Le
passant n'hésite pas à chercher dans leurs
angles un abri temporaire, convaincu évidemment qu'ils ont été ménagés à cette
intention par l'architecte. Susceptible comme
je le suis, cette usurpation a le don de
m'exaspérer. Elle frappe ma vue deux fois
par jour : quand je sors de chez moi et
quand j'y rentre. Parfois, je m'oublie au
point d'apostropher les délinquants sans ver-
gogne, toujours cyniques dans leur riposte,
alors qu'ils devraient rougir de honte.

Vaincu sur un terrain d'ailleurs peu pro-
pice à la lutte, j'ai voulu corriger l'abus par

la persuasion. A. mes frais, de l'autre côté
de la voie publique, j'ai fait élever un kiosque
d'aspect agréable, mettant ceux qui désirent
le fréquenter à l'abri du vent et de la pluie.
Rien n'y a fait. Si on le regarde, c'est avec
aussi peu d'envie d'y être admis que s'il
s'agissait de la Morgue. Mes contreforts,
malgré des inscriptions comminatoires, et
d'ailleurs mal sonnantes, n'ont pas perdu un
seul client. Vaugrenier s'est moqué de moi
et a prétendu que j'aurais dû achalander
mon kiosque en le pourvoyant de journaux
et de cigares à titre gratuit. Heureux Vaugrenier! Il n'a pas de terrasse, mais il peut
aller et venir sur le boulevard sans serrer
les poings.

Ce jour-là, que je ne risque pas d'oublier
de sitôt, je surpris un audacieux qui, rencontre bizarre, était précisément l'inconnu
dont j'avais remarqué le chapeau et la
redingote.

— Monsieur, lui criai-je, on pourrait
croire à votre costume que vous êtes un
homme bien élevé!

Il ne se hâta point de me répondre. Quand
il prit la parole, son visage marquait plus de
satisfaction que d'embarras.

— Monsieur, affirma-t-il avec une politesse que je n'avais pas l'habitude de trouver chez mes adversaires, je vous assure que mon éducation ne laisse rien à désirer. Mais....

Le sourire et le geste qui achevèrent sa phrase me mirent hors de moi. Il avait repris sa marche, évidemment désireux de se débarrasser d'un importun se mêlant des affaires des autres. J'emboîtai le pas derrière lui, et, désignant une de mes inscriptions comminatoires :

— Dans tous les cas, il paraît que vos parents ont oublié de vous apprendre à lire.

Après avoir lu, toujours aussi calme, il m'opposa cette objection : '

— Oh! les écriteaux!... Dans la cour de la gare j'en ai vu un avec ces mots : *la mendicité est interdite*. N'empêche que j'ai déjà donné trois sous à des mendiants que je vous signale, si vous appartenez à la police de Suresnes. Dans ce cas vous m'obligeriez en fermant les yeux sur une contravention qui ne se renouvellera plus, du moins en ce qui me concerne.

Il appuyait cette prière par l'offre d'une pièce de cent sous!

— Passez votre chemin, criai-je. Vous ignorez à qui vous voulez faire l'aumône.

Il ne se le fit pas dire deux fois, et s'éloigna d'un pas rapide. Plus lentement je le suivais, dévorant l'affront. Je le vis se renseigner près d'un passant qui lui montra mon porche. Il tira ses manchettes, s'assura que sa cravate n'était pas dérangée et s'apprêtait à sonner. En ce moment, je le rejoignis avec mon passe-partout à la main, geste qui révélait en moi le propriétaire.

— Aurais-je l'honneur de parler à monsieur Lecerteux? demanda-t-il, son chapeau de soie à la main.

— C'est mon nom, répondis-je. Le vôtre?

— Théodore Cantagrel, pour vous servir si j'en suis capable, fit-il en s'inclinant.

On n'aurait jamais cru, à voir son aisance, que nous venions de nous quereller, et pour quel motif! C'était peut-être du tact de sa part. Mais j'étais encore tremblant d'une colère mal contenue, et je me fis en moi-même ce serment : « Toi, tu ne seras jamais mon gendre. »

Néanmoins il fallait dissimuler et, d'abord, je ne pouvais alléguer aucune raison avouable pour ne pas l'introduire chez moi. En une

seconde, je dressai mon plan de campagne.
Je faisais asseoir Théodore dans mon salon.
Je l'y laissais sous prétexte d'aller à la
recherche de ma femme. Je revenais en
regrettant qu'elle fût absente, même si c'était
un mensonge; nous causions dix minutes;
je laissais tomber la conversation, et je le
reconduisais à mon porche en lui donnant
rendez-vous pour le lendemain matin rue
Laffitte.

C'était fort bien combiné. Malheureusement, la première personne que je trouvai
dans ma cour fut madame Lecerteux,
accompagnée d'Antoinette....

IV

Faire une chose malgré moi, parce que les circonstances m'y contraignent, est un supplice qui révolte jusqu'aux dernières fibres de ma nature. Il en résulte chez moi, envers ceux qui en ont été l'occasion, des antipathies tenaces, parfois même disproportionnées avec leur cause. On ne va pas dire que je m'aveugle sur mes défauts.

Même avant d'avoir vu Théodore Cantagrel, je lui en voulais parce que son père me l'avait imposé, sauf ratification il est vrai, comme successeur et comme gendre. C'était déjà trop d'avoir été obligé de *le voir*, en raison de mon amitié pour son père; et

je viens de raconter dans quelles conditions
fâcheuses je l'avais vu. Si je l'avais rencontré cueillant des fleurs dans une prairie,
l'impression eût été différente, et mon grief
original aurait pu s'adoucir. Mais ce jeune
homme, non content de m'outrager dans
mon droit de propriétaire, m'avait tendu
cinq francs comme à un subalterne beso-
gneux !

Par là-dessus, au lieu de l'éconduire som-
mairement selon mon dessein, j'étais dans
l'obligation de le présenter à ma femme.
C'en était trop !

Affable et hospitalier en temps ordinaire,
on devine la grâce que j'apportai à cette
présentation : elle se réduisit au strict nécessaire de la formule. Mais le nom de Cantagrel suffisait à exciter l'intérêt d'une personne qui, depuis plusieurs jours, attendait
le nouveau venu avec une fébrile curiosité.
Pour comble d'ennui, je lus dans les yeux
de Victorine qu'elle était frappée, ainsi
qu'il fallait s'y attendre, par le physique
remarquable de ce joli garçon. Déjà, contre
mon antipathie, se dessinait une sympathie
avec laquelle, sans aucun doute, j'aurais à
compter dans la suite. Sur la femme la plus

honnête, un extérieur séduisant produit son effet.

Je me préparais à voir Théodore plus ou moins emprunté : jamais homme ne le fut moins. Tenant à la main « l'éblouissement de son chapeau » (c'est, je crois, le style à la mode) il serra de l'autre celle qu'on lui tendait avec un empressement assez suspect chez une personne qui était censée « ne rien savoir ». Quant à lui, en toute évidence, « il ne savait rien » : son père m'avait tenu parole. Je m'accordai le malin plaisir de ne pas le présenter à Antoinette qui, de son côté, affectait de ne pas s'occuper de lui. On aurait dit qu'elle était plus désireuse de faire valoir son caniche Mouton que de se faire valoir elle-même. Au second plan, dans un coin de la cour, elle faisait « travailler » cet animal, dressé, il faut en convenir, avec une haute perfection.

Tout en causant avec nous, Théodore admirait les talents du caniche et semblait n'avoir d'yeux que pour lui. Cependant ma fille, sans être une beauté, n'est pas de celles dont un jeune homme ignore l'existence. En résumé, si l'un des personnages était frappé d'une commotion avoisinant le coup de

foudre, c'était Victorine. Je pensai immédiatement qu'elle était du bois des belles-
mères amoureuses de leur gendre avant la
noce, quitte à se corriger plus ou moins vite
après le mariage.

Cependant Théodore, sur invitations réité-
rées, avait remis son chapeau. Ma femme
lui proposa un tour de jardin, préférable
aux murs d'un salon par cette belle soirée.
Cette fois, comme nous avions à passer près
d'Antoinette, sa mère lui nomma le nouveau
venu, ce qui amena cet échange de phrases
moins qu'incendiaires :

— Vous avez, mademoiselle, un chien
aussi beau que savant.

— N'est-ce pas, monsieur?

Entre ce Roméo et cette Juliette le flirt
préliminaire n'alla pas plus loin. Théodore
exprima son admiration sincère pour le
panorama dont on jouit du haut de ma
terrasse. D'un coup d'œil sévère, j'essayai
de lui faire comprendre que ce mot de « terrasse » n'aurait pas dû sortir de ses lèvres
sans le faire rougir de honte. Mais, sur cette
âme insouciante, le remords ne semble pas
agir facilement.

Peu après, une amie d'Antoinette vint la

voir, et cette jeune personne, moqueuse
comme on l'est volontiers à son âge, s'amusa
visiblement de la toilette de l'étranger. De
fait, le chapeau de soie, les gants gris ardoise,
la redingote solennelle juraient par leur
contraste avec les bancs rustiques et la char-
mille où se tenait la réception. Bientôt ces
demoiselles nous quittèrent pour aller
bavarder à l'aise. Théodore resta seul avec
les grandes personnes. Je riais sous cape de
l'adresse prévoyante déployée par Victorine
pour étudier ce garçon, qui, je dois le dire,
était bien l'être le plus facile à étudier,
même sans adresse. Au bout d'une demi-
heure, nous n'avions plus rien à apprendre
— nous le croyions du moins — sur ses
parents, sur sa ville natale, sur ses occupations, et sur ses plaisirs dont l'énumération
n'était pas longue.

De même qu'il se déclarait le plus fortuné
des mortels à Elbeuf, de même il ne cachait
pas son plaisir d'avoir quitté Elbeuf pour
Paris, et le commerce du drap pour l'appren-
tissage de la Banque, sous la direction d'un
bon ami de son père.

— Vous avez un heureux caractère, soupira Victorine

Elle s'épanouissait à l'entendre et à le
regarder. Les qualités de l'esprit jointes aux
dons extérieurs : rien ne lui manquait!
Serrant les poings j'assistais aux ravages de
l'invasion dont je ne pouvais retarder le
progrès même par un signe. Tel un paraly-
tique voit la flamme dévorer sa demeure
sans être capable de remuer la main.

Théodore nous raconta qu'il avait débar-
qué dans la capitale peu après midi et qu'il
s'était logé à l'hôtel indiqué par son père,
dans le voisinage de mes bureaux. Après
un bout de toilette (un bout de toilette,
justes Dieux!) il avait, toujours conformé-
ment aux instructions paternelles, pris le
train de Suresnes afin de présenter ses
devoirs à son nouveau chef et « à Madame ».

Madame lui témoigna qu'elle était touchée
de cet empressement :

— Vous aviez besoin de vous reposer
après ce long trajet.

— Oh! je ne suis jamais fatigué. Au surplus, quand une chose doit être accomplie,
j'ai pour principe de ne pas la remettre au
lendemain.

« Le diable emporte les principes! » son-
geai-je à part moi. Quelle série d'ennuis et

de crispations intérieures me causait « l'empressement » si apprécié par ma femme! Rien
de tout cela ne serait arrivé si Théodore
s'était fait simplement annoncer dans mon
cabinet demain matin. Faute de pouvoir me
dégonfler en termes exprès, je cherchai à lui
être désagréable par cette comparaison
piquante :

— Ne pas remettre au lendemain! C'est ce
qu'on dit aux gens que réclame le cabinet
du dentiste.

L'ironie manqua son but. Théodore me
répondit avec un bon sourire, laissant voir
des perles dont toute femme eût été fière :

— Je n'ai jamais mis le pied chez un de
ces messieurs, heureusement pour moi.

Victorine, me regardant, éclata de rire.
Elle connaît le mystère de mes visites à mon
dentiste. Déjà elle prenait le parti de cet
étranger quand je l'attaquais.

Redevenu silencieux, je comptais les
minutes comme un cocher qui trouve que
son bourgeois s'attarde. Enfin, Théodore se
leva, et je fus debout avant lui, prêt à
l'accompagner à mon porche.

— Voici l'heure du train, disait-il après
une manœuvre savante pour consulter sa

montre sans être vu ; — on sait vivre à Elbeuf.

Je faillis m'évanouir à ces paroles de la maîtresse de maison :

— Quelle idée ! Partir quand nous allons nous mettre à table? Vous oubliez que vous êtes chez des amis.

J'aurais dû prévoir le coup, tirer ma femme à part sous un prétexte quelconque, lui chuchoter, les yeux dans les yeux :

— Surtout, pas d'invitation !

Trop tard ! L'invité se faisait prier, par convenance.

Une lueur d'espoir. Mais Victorine insista :

— N'oubliez pas que vous êtes chez votre chef. Commencez dès ce soir à lui obéir.

Pauvre chef !

Elle avait disparu pour donner ses ordres. Bon gré mal gré — on se doit des égards même entre belligérants — je proposai à Théodore de se laver les mains dans mon cabinet de toilette. *Dans mon cabinet de toilette !*... après ce qui s'était passé !

Du moins je me dispensai de faire monter une bouteille de mon vieux bourgogne.

V

Antoinette, qui avait oublié l'heure avec
son amie, arriva en retard, contrairement à
ses habitudes. Je la tançai vivement, ce qui
n'est pas davantage dans les miennes, car
j'ai une prédilection pour cette enfant. Mais
j'avais besoin de houspiller quelqu'un. Sans
me répondre, elle jeta sur moi un regard
qui voulait dire; « Papa est bien grincheux
ce soir! » Théodore, dont la présence parut
être à ses yeux toute naturelle, voire même
prévue, plaida la cause de la délinquante.
Celle-ci, mécontente d'avoir été grondée
comme une petite fille, laissa voir claire-
ment qu'elle pouvait se passer de cette inter-

vention chevaleresque. De ce côté tout allait
bien. ·

Sur les quatre convives, deux étaient
de mauvaise humeur. Quant à l'invité, il
bavarda comme une pie avec Victorine, sans
perdre une bouchée. Jamais je n'ai vu un
homme aussi capable de mâcher et de parler
en même temps.

Ils avaient le terrain à eux seuls. Inattentif
à l'entretien, je passais en revue la situation,
et, dans mon esprit de plus en plus exacerbé,
j'organisais la résistance. Le moment venu
où Théodore nous aurait quittés (on n'irait
peut-être pas jusqu'à lui offrir un lit chez
moi), je comptais m'en expliquer avec ma
femme d'une façon catégorique. « Demain,
pensai-je, à l'ouverture de mes bureaux, ce
jeune homme sera informé que nos relations, à l'avenir, devront se borner aux rapports d'un employé avec son chef. »

Nous étions au dessert, et je suivais la
marche des aiguilles de la pendule, quand,
tout à coup, je dressai l'oreille. Le dialogue
s'établissait sur un terrain nouveau, infiniment dangereux, comme je l'entrevis immédiatement.

— Aimez-vous la musique ? avait demandé

ma femme qui en a pris le culte et certaines
autres choses que je dirai, dans la vie commune avec son père, le grand éditeur.

— Je l'aime beaucoup, madame.

— Vous chantez, peut-être?

— Oh! je ne suis qu'un pauvre instru-
mentiste jouant sa partie, tant bien que mal,
à notre Société Philharmonique d'Elbeuf.

— C'est très bien. Et de quoi jouez-vous?

— De la contre basse à cordes.

J'éclatai d'un rire mauvais, dont Victorine
exigea sévèrement l'explication.

— Drôle de goût pour un amateur! répondis-je. On a l'air de scier du bois ou d'épous-
seter un buffet.

Ayant son idée dont je n'allais pas tarder
à percevoir la direction, ma femme prit la
défense de l'opprimé :

— Sans la contre basse, il n'y a pas de
véritable orchestre. C'est la base de l'édifice
symphonique.

Théodore, se voyant soutenu, entra avec
chaleur dans la discussion.

— C'est un instrument calomnié, admit-il,
parce qu'on le connaît peu. Avez-vous
jamais entendu Bottesini, monsieur? Non?
Je le regrette pour vous. Il a passé à Rouen,

où je suis allé l'applaudir. C'est un grand
virtuose qui émerveille l'auditoire par des
soli de la plus haute difficulté. Mais il a eu
des prédécesseurs illustres. Le plus fameux,
je pense, est Dragonetti, mort il y a vingt
ans, trop vite oublié. Dans un quatuor, il
exécutait sur sa contre basse des morceaux
qui effrayaient les violoncellistes consom-
més. Naturellement, je ne vise pas si haut.
Mais je suis devenu amoureux de mon
instrument après en avoir abordé l'étude
sans enthousiasme. Je l'avais choisi dans le
seul but de rendre service à notre Philhar-
monie où manquait un contre bassiste.

Théodore venait de m'écraser de son éru-
dition, de son génie artistique, de sa mo-
destie, de son désintéressement. Son visage,
assez calme d'habitude, s'était animé. Pour
la première fois, Antoinette le regarda avec
un intérêt manifeste. (Elle aussi, hélas! est
musicienne!) Ma femme battit des mains.

— C'est le Ciel qui vous envoie! Vous
tombez chez des fervents de la musique.
Tous les dimanches, nous en faisons entre
nous, et seulement pour nous. Je tiens le
piano. Antoinette commence à être d'une
jolie force sur le violon. Son professeur

vient de Versailles et se charge du violoncelle. Mais il nous manquait une contrebasse. Enfin, je l'ai trouvée! J'espère que
vous avez apporté votre instrument à Paris?

— Oh! oui, madame. Je désire ne pas me
rouiller : on perd si vite les doigts! Tous les
jours je m'exercerai pendant une heure dans
ma chambre.

Je lui prédis qu'on ne le garderait pas
longtemps à son hôtel. Ma femme continua,
sans m'écouter :

— Antoinette, quelle joie! Nous aurons
un véritable orchestre. C'est entendu, n'est-
ce pas, monsieur Théodore? (Il était déjà
« monsieur Théodore! ») Vous viendrez dimanche, et vous dînerez avec le professeur
Costenoble, qui est un grand artiste. Vous
voilà, comme lui, invité de fondation. Ensuite,
nous pourrons nous plonger tout à notre
aise dans les sonates et les symphonies.
Casimir, qui est un Philistin, dîne toujours
dehors ce soir-là.

Je restai muet, stupide, sous la force du
coup. Théodore passait au rang d'invité de
fondation. C'était le comble !

On alla prendre le café sur la terrasse,
d'où l'on voyait la grande lueur de Paris

rougeoyer dans le lointain. Remontant le
fleuve, presque à nos pieds, un remorqueur
allongeait le ruban noir de sa fumée. Affaissé,
dans un profond découragement, je me
demandais quel remorqueur mystérieux
refoulait, depuis le commencement de cette
odieuse soirée, le courant de ma volonté.
Pendant ce temps-là, ma femme et ma fille
— celle-ci revenue à sa bonne humeur — se,
penchaient vers « monsieur Théodore » et
lui donnaient leurs instructions, afin qu'il
pût préparer ses parties du programme de
dimanche soir.

Vaugrenier parut, ainsi qu'il me l'avait
annoncé, et se dirigea vers la table éclairée
par les photophores. Nous ne l'avions pas
entendu venir. Voyant un inconnu adjoint
au groupe de famille, il s'arrêta un peu surpris, dévisagea l'étranger, n'eut pas de peine
à retrouver en lui le propriétaire du chapeau
de soie et de la redingote dont nous avions
ri deux heures plus tôt. Mais il fut plus surpris encore, il y avait de quoi, de le retrouver en conversation animée avec ces dames,
qui l'appelaient « monsieur Théodore » et
le traitaient en vieille connaissance.

Ma femme, quand il se fut approché, lui

présenta « le fils de notre vieil ami Cantagrel ». Ils se serrèrent la main, et Vaugrenier
ne fit, comme de juste, aucune observation.
Mais je ne connais pas d'homme plus inves-
tigateur et plus curieux : son métier de jour-
naliste le lui commande d'ailleurs. Aussi, de
tous les hommes qui fréquentent ma maison,
c'était à coup sûr celui dont j'eusse le moins
désiré la visite en des circonstances qui
ouvraient un champ fertile à son imagination.

En bon limier, il flaira immédiatement le
terrain, étudia les physionomies, interpréta
les gestes et les attitudes. Puis, sous prétexte
d'une affaire nécessitant un entretien privé,
il m'entraîna au fond du jardin qu'éclairait
la lune. Quand nous fûmes seuls, sa main
allongée en fer de lance me harponna les
côtes.

— Vieux cachotier ! me dit-il d'un ton
goguenard. Vous êtes pincé en flagrant
délit.

D'un geste sec, je parai la botte amicale,
et je demandai sans sourire :

— En flagrant délit de quoi ?

— De conversation intime avec un
gendre. Ah ! vous êtes habile dans l'art de

dépister les chiens! Ce jeune homme trop
bien habillé, que vous prétendiez ne pas
connaître et qui est le fils d'un ami, je le
trouve sortant de table et faisant sa cour à
la demoiselle, sous l'œil bienveillant de
papa et de maman. Il est fort bien, vous
savez; un peu provincial, mais joli garçon.
Votre fille aurait de la peine à trouver mieux,
et vous même...

Je l'interrompis, exaspéré aux dernières
limites :

— Mon cher, vous m'ennuyez.

— Cela se voit, admit-il, m'examinant de
plus près. Mais alors, pourquoi diable
m'avez-vous laissé venir, puisque je devais
arriver comme un inconvénient? Il fallait
fermer votre porte...

— S'il faut tout vous dire, je regrette de
ne pas l'avoir fait.

— Parlez-vous sérieusement?

— Vous avez trop d'intelligence pour
vous y tromper.

Il me considéra encore avec attention, et,
devenu sérieux lui-même :

— En ce cas, mon intelligence ira
jusqu'à comprendre que vous me mettez à
la porte comme un intrus.

3.

Mon silence marqua la fin de la crise. Vaugrenier enfonça les mains dans ses poches, haussa les épaules et gagna directement la sortie. Maintenant que je suis de sang-froid, je conviens que tous les torts ne furent pas de son côté. Il n'en est pas moins vrai que Théodore, poursuivant son œuvre dévastatrice, venait de me brouiller avec un de mes bons amis, et le nombre n'en est pas fort grand.

Je rejoignis ma famille dans cet état d'esprit où l'on a besoin de casser quelque chose.

— Vaugrenier est parti? demanda ma femme. Sans nous dire bonsoir?

— Il était pressé. Vous-même, Cantagrel, devez avoir besoin de repos. Ces dames vous permettront de prendre congé d'elles.

Lui aussi aurait pu dire que je le mettais à la porte; mais il est de meilleure pâte que Vaugrenier. Il me remercia de ma sollicitude, se leva, fit ses adieux en nous remerciant de « cette charmante soirée ». Victorine lui répéta avec une insistance gracieuse :

— N'oubliez pas. Venez dîner dimanche; préparez vos parties et apportez votre instrument. Bonsoir. Dormez bien.

Je l'accompagnai à la gare, voulant lui donner mes instructions et le ramener à l'austère réalité des choses.

— Ne perdez pas de vue, lui recommandai-je, votre véritable situation chez moi. Votre père ne vous a pas envoyé d'Elbeuf pour jouer de la contre basse, mais pour travailler dans mes bureaux. Vous traiter mieux que vos collègues serait une injustice qui aurait lieu de les surprendre. Je ne la commettrai pas ; je suis avant tout un homme juste. Nous verrons bientôt ce que vous savez faire. Puisse l'essai tourner en votre faveur !

Je vis qu'il éprouvait un petit choc à m'entendre dire qu'il était chez moi « à l'essai ». Telle n'était pas, évidemment, l'indication donnée par son père. Toutefois sa bonne humeur revint bientôt.

— Monsieur, répondit-il, je ne suis pas inquiet. Vous n'aurez pas à vous plaindre de ma conduite, ni de mon application à mes devoirs.

— Nous verrons. En attendant, soyez dans mon cabinet demain à neuf heures. Je vous préviens que l'inexactitude est un défaut que je ne pardonne pas.

Il sourit d'un air confiant :

— J'ai mes défauts, admit-il; mais l'exactitude est mon fort. Vous ne serez pas long à le reconnaître.

Nous nous quittâmes sans autre effusion.

VI

La mère de madame Lecerteux était une
pauvre cantatrice Parisienne qui avait perdu
la voix de bonne heure. Elle avait épousé un
Allemand tyrannique et brutal, qui la rendait
fort malheureuse et la battait à l'occasion
— je l'ai su depuis. J'ai toujours désapprouvé
cette façon de faire sentir l'autorité conjugale, mais ce soir-là, en entrant chez ma
femme, je confesse que je l'aurais volontiers
battue, si j'avais eu le malheur d'être Allemand.

Du moins j'étais décidé à me faire obéir
jusqu'à la plus entière soumission. A cette
heure, je pouvais parler sans contrainte.

Rien ne gênait plus mon offensive : je l'entamai aussitôt.

— Je voudrais savoir, demandai-je, qui est le maître ici?

— Je ne t'ai jamais donné l'occasion d'émettre un doute à cet égard, me répondit Victorine en levant sur moi des yeux plus étonnés qu'effrayés.

C'est son système. Elle appartient à cette catégorie de femmes qui crient sur les toits qu'elles n'ont pas de volonté, qu'elles se laissent mener ainsi que des esclaves par leur seigneur et maître. Jamais je n'ai une discussion dans mon ménage; le gouvernail est bien en main. Seulement, au lever du jour, croyant arriver à tel port, je me trouve en face d'un autre. Le courant de fond, insoupçonné et contraire, a fait dériver le navire par calme plat, tandis que le capitaine sommeillait à la barre.

Cette fois je résolus de ne pas dormir et de couper court aux belles paroles. Je continuai :

— Il était contre mon intention absolue d'avoir ce jeune homme à dîner.

— Comment pouvais-je le savoir? fit-elle observer avec une candeur angélique. Tu aurais dû me prévenir.

— Le moyen? Ce parasite s'était collé à nous comme une sangsue.

— Alors, fit-elle, je ne vois pas quel a été mon crime.

Les femmes ne manquent jamais d'arguments pour défendre une cause. Le jour où elles seront admises à plaider, on fera aussi bien de supprimer le jury.

Voyant que je gardais le silence, elle continua :

— Le retenir à dîner, ainsi que nous retenons son père lors de ses rares visites, m'a paru la chose la plus naturelle du monde.

— La situation n'est pas la même. Tu n'ignores pas ce que Cantagrel s'imagine obtenir en m'envoyant son fils. Or, *je ne veux pas* de ce jeune monsieur pour Antoinette. C'est bien compris?

— Tu es le maître. Seulement il eût été beaucoup plus simple de dire à Cantagrel de ne pas déranger son fils.

— Le refuser sans l'avoir vu était difficile. Je le connais à cette heure et il me déplaît souverainement. Il ne doute de rien, accepte les avances comme chose due, se croit partout chez lui, impertinent à l'occasion. Et quelle adresse pour se faufiler chez les

gens! Le voilà déjà notre pensionnaire,
attaché à ton orchestre. Tu seras contente,
n'est-ce pas, si Antoinette perd la tête pour
cet Adonis, qui sera la coqueluche de toutes
les femmes? Cette raison seule suffirait pour
motiver mon refus.

Victorine esquissa un léger mouvement
d'épaules.

— Très bien, fit-elle; en ce cas charge-toi
de prévenir ta fille qu'elle doit chercher
avant tout la laideur chez son mari.

— Ce qu'elle doit faire avant tout, et ce
que nous devons faire pour elle, c'est de
diminuer autant que possible les chances
d'infidélité.

Victorine, à ces mots, se redressa toute
changée. Elle ne haussa plus les épaules;
mais elle dirigea sur moi un regard que je
reconnus immédiatement, pour l'avoir rencontré à la même place dix ans plus tôt.
J'avais parlé sans réfléchir, et je devinai que
son rôle d'esclave allait être mis de côté.

— J'ai connu, articula-t-elle froidement,
un homme qui n'a jamais été beau, et qui
a tout de même trompé sa femme.

J'avais oublié!...

L'heure est venue de confesser, pour

'intelligence de ce qui va suivre, une faute unique dans ma vie. J'ai parlé, au début de ces Mémoires, d'une aventure romanesque. Elle fut courte, et sans lendemain : j'allais connaître l'expiation. Voici l'histoire. Que ceux-là me jettent la pierre, dont la conscience n'est pas plus chargée.

VII

Donc, je commis une faute, il y a dix ans. On va voir comme tout se tient dans la vie. Cette faute, je n'aurais pas à la déplorer aujourd'hui, si je n'étais pas tombé préalablement dans une erreur moins excusable chez un directeur de banque, qui fut d'escompter du mauvais papier.

Despréaux, mon vieux et fidèle caissier, formé à l'école de mon père, ne s'y serait pas laissé prendre; mais, ce jour-là, il était en course et je causais d'une affaire importante avec un client. On nous dérangea pour me présenter une traite. Elle était tirée sur une dame Bézuchet, sans profession, par un

monsieur quelconque dont j'ai oublié le nom
à moi inconnu, autant que celui de l'autre
partie. J'aurais congédié le porteur dix fois
plutôt qu'une, si, par contre, je n'avais connu, ainsi que le Tout Paris commercial, le
nom de l'endosseur de la traite : Nivollet, le
gros fabricant de la rue Saint-Denis, juge au
Tribunal de commerce. Le timbre de sa
maison accompagnait la signature. Six mille
francs — la traite montait à cette somme —
étaient une bagatelle pour lui et ne dépas-
saient pas les chiffres sur lesquels j'opère
constamment.

J'avais, je le répète, une affaire beaucoup
plus considérable sur le tapis : mon attention
était détournée; la commission à palper
n'était pas négligeable : bref, je donnai trop
rapidement l'ordre d'escompter et je revins
à mon client avec qui, par parenthèse, je ne
pus aboutir; c'était un jour de guigne.

J'avais oublié cette traite maudite quand
elle me revint, protestée. S'il ne s'était agi
d'un magistrat consulaire avec qui j'étais
alors en bons termes (il est sage d'avoir ces
messieurs dans sa manche), mon huissier
aurait eu l'ordre immédiat d'exercer le
recours contre l'endosseur. Dans l'occasion,

j'estimai qu'il était courtois d'aller de ma personne chez Nivollet, sans compter qu'il ne me plaisait pas de mettre mon impeccable caissier au courant d'une affaire où je n'avais pas fait preuve de la prudence qui m'est habituelle.

Nivollet, instruit du but de ma visite, parut trouver la chose d'un comique achevé.

— Quoi! fit-il en éclatant de rire, un banquier de votre expérience prend du papier qui ne vaut pas le timbre dont il est orné!

Cette gaîté intempestive me déplut fort. Je ripostai un peu aigrement :

— A côté du timbre, il y a votre signature, monsieur Nivollet. Je n'ai regardé qu'elle, et vous ne sauriez m'en blâmer. Je suis tranquille.

— Vous avez tort. Il ne faut pas confondre le nom avec la signature, qui est celle de mon fils. Il n'est pas allé jusqu'à imiter mon paraphe.

— Je pense qu'il n'ira pas jusqu'à laisser votre nom arriver devant le tribunal. Je compte sur vous pour y mettre bon ordre et pour rembourser la traite.

— Désolé, cher monsieur, de ne pouvoir vous donner ce plaisir.

— A votre aise. Dans ce cas, je désire parler à votre fils.

— Vous ferez bien ; mais il n'habite pas chez moi.

— Enfin, il doit avoir un domicile ?

— Un domicile de fait, comme nous disons. Vous avez toutes les chances de le trouver à cette adresse.

Nivollet écrivit la rue et le numéro sur une fiche. Puis il me reconduisit, plus souriant que jamais. J'aurais dû me défier, mais la colère m'aveuglait, chose à éviter quand on dirige une banque.

C'était, premier ennui, à l'autre bout de la ville, tout à côté du Cours la Reine. Le concierge d'un petit hôtel du meilleur goût me répondit que Monsieur venait de sortir. N'en croyant rien, je déclarai qu'il s'agissait d'une affaire pressante, sur quoi je reçus le conseil de voir Madame. J'ignorais qu'il fût marié, et j'éprouvai d'abord de la répugnance à mêler une jeune femme aux difficultés financières qu'elle pouvait ignorer. Mais refaire un tel voyage me souriait peu, et, pour les raisons que j'ai dites, convoquer Nivollet jeune dans mes bureaux ne me souriait pas davantage. Enfin, à cette

minute, j'étais mal disposé à la courtoisie.
Je passai outre. La porte des appartements
intérieurs me fut ouverte par une soubrette
délicieuse. Elle prit ma carte : *Le directeur
de la banque Lecerteux.* Immédiatement je
fus introduit.

Bien que n'ayant jamais fréquenté les
femmes galantes, surtout les grandes cocottes
qui habitent un hôtel particulier, je compris, au premier coup d'œil, que mon
homme n'était pas marié ou que, dans tous
les cas, la personne que j'avais en face de
moi n'était pas son épouse légitime.

Dans un ravissant boudoir, « madame »
lisait sur une chaise longue et fumait sa
cigarette au milieu d'un amas de coussins.
La cigarette, les tentures de brocart, les
mules à moitié sorties des bas de soie, les
bras et les épaules plus qu'à moitié sortis
d'un peignoir dont la saison ne suffisait pas
à excuser la transparence, le parfum jamais
respiré à Suresnes, tout cela m'ouvrit,
comme d'un coup de baguette, les mys-
tères d'un monde nouveau. Pauvre fai-
seur de chiffres, parvenu à l'âge mûr sans
savoir ce qu'était Armide en son bosquet
de roses, Circé dans son antre voluptueux,

Vénus trônant sur les nuages de l'Olympe!

Mon trouble parut flatter plus qu'offenser la déesse, à en juger par son sourire. Me désignant un nuage moelleux tout à côté de celui où elle reposait ses charmes :

— Qui me procure, demanda-t-elle d'une voix douce, le plaisir de votre visite?

Le berger Pâris, pour un instant, fit place au porteur d'une traite en souffrance.

— Madame, répondis-je, excusez-moi. C'est à monsieur Nivollet que je désire parler pour... un billet à ordre... qu'il a sans doute oublié.

Je lui tendais la fiche laissée par le garçon de banque. Elle la prit avec autant d'aisance que si c'eût été la fameuse pomme. L'ayant parcourue, la mémoire lui revint.

— Ah! oui, soupira-t-elle. Maudit proprié- taire! Je lui dois quatre termes. Le bail est en mon nom, sous la garantie d'Eugène. Pauvre Eugène! Son père est bien dur pour lui! Croiriez-vous qu'il lui a flanqué un conseil judiciaire?

Je répondis que la chose n'avait rien d'invraisemblable, mais que, malgré tout, elle était responsable et devait prévoir les conséquences d'un protêt.

— Je sais, admit-elle. Vous tenez mon sort entre vos mains. Il dépend de vous que mon propriétaire me jette dans la rue et fasse vendre mes meubles.

Ayant regardé ma carte déposée sur le plateau d'argent à côté de sa boîte à cigarettes :

— Seriez-vous monsieur Lecerteux, l'ami de Vaugrenier? demanda-t-elle avec une lueur d'espoir.

Sur mon signe affirmatif, elle continua :

— Mais alors, je vous connais. Vaugrenier m'a souvent parlé de vous. Il vient me voir de temps à autre, en tout bien tout honneur. Nous autres actrices, même sans prétention aux grands rôles, avons besoin des bons offices d'un journal comme le *Furet*.

— Je le comprends, madame, et j'envie la bonne fortune de Vaugrenier. Seulement.....

— Il dit que vous êtes bien riche!

— Ne le croyez pas. Mais je serais bien pauvre si j'escomptais souvent des traites comme celle-ci.

— Voyons! Vous êtes un galant homme. Six mille francs de moins à la fin de l'année passeront inaperçus dans votre inventaire. Voyez-vous les mains sales d'un huissier tripotant ces dentelles...?

Je regardai les dentelles, les trésors qu'elles
dissimulaient de moins en moins, agités par
des sanglots convulsifs. Il ne m'est pas
agréable, et la morale me défend, d'insister
sur les circonstances d'une défaite qui eût
été plus glorieuse sans la perte du butin
que j'étais venu défendre. La traite fut
remboursée — *par moi*. Je racontai un mensonge à Despréaux..., et je manquai le train
de cinq heures cinquante.

Je ne m'étendrai pas davantage sur l'ana-
lyse de mon état d'esprit durant le trajet,
accompli sans compagnon. Mon esprit,
d'ailleurs, était momentanément dépourvu
de ce qui s'appelle « un état ». Qu'on
imagine l'estomac d'un homme où se com-
battent des substances hétérogènes : le ricin
du remords, le vinaigre d'une perte d'argent
et, dominant le tout, peut-être, la vanille
trop délicieuse d'une coupable délectation.
Au surplus, je ne souffris pas longtemps de
cet amalgame. Je rougis d'avouer que je
m'endormis d'un sommeil qui, pour ne pas
ressembler à celui du juste, n'en était pas
moins profond.

Au réveil, en gare de Suresnes, ma pensée
se dirigea immédiatement vers un unique

4

objet : la crainte de Victorine. Je me rassu-
rai, tandis que je hâtais le pas vers les Glycines : d'abord ma complice avait de bonnes
raisons pour ne pas me trahir — j'aime à
croire qu'Eugène se serait fâché — ensuite,
certains forfaits ne laissent point de traces.
Fâcheuse erreur, dont j'allais être tiré
bientôt!

J'entrai dans ma maison qui ne me parut
plus tout à fait la même. Pour expliquer
mon retard j'avais un alibi solidement forgé
de toutes pièces. D'un geste rapide — il ne
le fut que trop — je suspendis mon pardessus
dans l'antichambre, et j'entrai au salon, où
m'attendaient Victorine et Antoinette. Celle-
ci, selon son habitude, me sauta au cou....

— Mon Dieu, papa, comme vous sentez
bon! s'écria la pauvre innocente.

Elle ne prévoyait pas ce que cette parole
devait coûter à son père.

Victorine ne dit rien ; mais je devinai, aux
palpitations des ses narines, qu'elle aussi
flairait un parfum moins pur que la ver-
tueuse eau de Cologne, jusqu'à ce jour exclusivement consacrée à mes soins personnels.
Un pli se marqua entre ses bandeaux, et je
sentis la rougeur envahir mes joues. Néan-

moins j'assurai ma voix pour débiter le
mensonge préparé. Le maître d'hôtel me
vint en aide : le dîner était servi. Pendant
que ma fille et moi allions à table, ma
femme, détail que je remarquai, fit une
pointe vers l'antichambre....

« N'avouez jamais! » fut la recommandation *in extremis* d'un meurtrier fameux.
Qu'on me permette cette variante : « Messieurs, videz toujours les poches de vos
pardessus! »

Je mangeai peu et parlai tout le temps, ce
qui est assez contraire à ma nature peu
exubérante. Victorine, dont le front restait
coupé d'une barre sinistre, m'écoutait avec
une attention où je pouvais découvrir une
sorte de pitié. Antoinette, qui avait alors
douze ans et se couchait de bonne heure,
disparut bientôt. Sa mère, prétextant une
réunion de dames patronnesses d'une œuvre
quelconque, quitta en même temps la maison.

Resté seul, j'essayai en vain de lire, de
fumer ou de dormir. Je sentais se rétrécir
autour de moi le cercle de la fatalité : ainsi
je passai deux heures qui seront certainement
les plus désagréables de ma vie. Enfin
j'entendis la porte du dehors se refermer.

Victorine monta chez elle sans passer par le fumoir. Le moment était venu de jouer la honteuse comédie, qui, pour tant d'hommes endurcis dans l'inconduite, n'est qu'un simple lever, ou plutôt baisser, de rideau.

Je gagnai mon appartement et, quittant le costume « qui sentait bon » pour celui de l'intimité, je pénétrai dans le sanctuaire conjugal, devenu, j'en avais le pressentiment, le sanctuaire de la Justice.

Victorine avait ôté son chapeau, mais conservé la toilette qu'elle portait au dîner. J'entends encore ces mots qui, prononcés d'une voix très calme, arrêtèrent mes premières et peu assurées démonstrations :

— Contentez-vous d'être un mari indigne, sans devenir un personnage dégoûtant.

— Qu'est-ce qui se passe? demandai-je, feignant la surprise. Depuis quand suis-je *vous*, dans l'intimité?

— Regardez votre figure dans cette glace, fut son unique réponse.

J'évitai d'obéir. Un miroir n'est jamais trompé et ne trompe jamais. D'ailleurs, je sentais que mon visage était transformé et qu'il n'était pas changé en mieux. Le courage du désespoir m'empêcha d'abandonner la lutte.

— Ma parole, articulai-je en élevant la voix, on dirait que tu cherches une scène?

— Pour le moment je ne cherche que la solitude. J'ai besoin de réfléchir sérieusement. Demain nous causerons de notre avenir, ou plutôt de celui de nos enfants.

— Voyons! je rêve. On croirait que tu menaces d'une séparation? Encore faudrait-il trouver un motif.

— J'aurai peut-être un motif, quand je saurai qui habite à cette adresse.

Elle me tendait la fiche de Nivollet indiquant la rue et le numéro du petit hôtel. Sa visite aux poches de mon pardessus n'avait pas été infructueuse. C'était à mon tour de réfléchir.

— Tu parles de nos enfants, déclamai-je, enfin. Penses-tu qu'ils te sauront gré de t'abaisser au rôle de policière?

— Casimir, prononça-t-elle, peut-être qu'un aveu franc pourrait me retenir. Il me serait impossible, au contraire, de supporter, même par amour pour nos enfants, le mensonge et l'hypocrisie.

Elle pleurait. Je ne pus résister à ses larmes, et je laissai sortir ma confession pleine et entière, ce qui la fit pleurer un peu plus fort. Pendant ce temps-là, en une seconde, le danger de la situation m'apparut. Un éclat scandaleux jetait le discrédit sur ma banque, dont la clientèle ne serait pas longue à retirer ses fonds des mains d'un homme courant les actrices, même de cinquième ordre. Et que dirait mon Conseil de Fabrique?...

Tout cela n'était que le côté pratique des choses. Mais je jure que les larmes de Victorine produisirent plus d'effet sur moi que tout le reste. Elle avait ses défauts; toutefois c'était la plus solidement attachée et la plus dévouée des femmes et des mères. Jamais, sur sa conduite, je n'avais eu l'occasion de lui adresser même la plus légère remontrance. Et enfin — cette affirmation couronnant le récit de mes exploits pourra faire sourire — je l'aimais du fond du cœur, avec le ferme propos que cette faute serait la dernière.

Je le lui promis, et elle le crut, car je pleurais comme un enfant qui demande pardon après une sottise....

Ma généreuse et excellente épouse me pardonna, promettant qu'il ne serait plus question entre nous de cette fêlure dans mon cristal. Ce qui est plus beau encore, c'est qu'elle tint parole, jusqu'au jour où Théodore nous mit aux prises.

Un bienfait de plus à l'actif de cet être fatal!

VIII

Il est temps de fermer cette longue parenthèse que je n'ai pas écrite pour mon plaisir,
Dieu sait! Mais elle était nécessaire pour
montrer mon désavantage à l'heure où je
me préparais à imposer mon autorité.

« Un mari n'a pas besoin d'être beau pour
tromper sa femme. »

Par cette simple phrase, Victorine venait
d'établir qu'elle avait pardonné, mais non
oublié. J'étais venu avec la ferme décision
d'arrêter l'envahisseur, trop bien servi par les
circonstances. La frontière devait être fermée.
Plus de dîners à Suresnes! Plus de protection maternelle à cet orphelin temporaire et

séduisant! Pas de concerts en famille le
dimanche! En un mot, retour à l'existence
que nous menions avant d'avoir connu
Théodore. Telle était, une heure plus tôt,
ma volonté qui devait être obéie par tout le
monde, à commencer par Victorine....

Et voilà que mon sceptre était sinon brisé,
du moins tordu entre mes mains comme un
tisonnier hors de service. Est-on bien « le
maître » d'une femme aux pieds de qui on
s'est traîné, un certain soir, en complet de
molleton bleu passementé de blanc, avec des
sanglots de servante voleuse menacée du
commissaire? Je voudrais voir le mari qui
oserait l'affirmer.

Je battis en retraite, mais j'avais déjà
formé un plan de campagne infaillible, sinon
glorieux. Il consistait à porter la guerre sur
un terrain où je pouvais manœuvrer à mon
aise, c'est-à-dire à rendre la situation de
Théodore intenable dans mes bureaux. Je
ne lui donnais pas une semaine pour regagner
Elbeuf, convaincu que son avenir n'était pas
du côté de la banque Lecerteux. Son père se
le tiendrait pour dit, et nous tournerions la
page.

Calmé par cette perspective, je m'endormis.

Toutefois, il me restait de cette journée une surexcitation productive de cauchemars. Je rêvai que j'étais bourreau, et que je soumettais ma victime aux tortures diverses pratiquées par le Moyen âge. Théodore, souriant, montrait ses dents blanches tandis que je l'arrosais d'huile bouillante et de plomb fondu. Ce fut une nuit atroce.

Au matin je me réveillai, fourbu et d'humeur exécrable, mais prêt pour l'action. Je descendis à la gare, où m'attendait une épreuve pénible; car, sauf quand il s'agit de Théodore, j'ai un cœur affectueux. Mon vieil ami Vaugrenier, affectant de ne pas me voir, monta dans un compartiment éloigné du mien. La journée commençait mal. Pour comble d'ennui un léger accident de voie retarda le train, et j'arrivai rue Laffitte après l'heure réglementaire.

Sur le trottoir, devant mes bureaux, Théodore faisait les cent pas. Il faut être juste : ce garçon faisait preuve de tact. Ayant mis de côté les atours de la veille, il portait le costume, propre mais un peu élimé, d'un commis quelconque. En me voyant venir il consulta un superbe chronomètre; puis, se découvrant, il attendit,

comme il convenait, qu'il me plût de lui
adresser la parole.

— Vous êtes exact, lui dis-je, devinant sa
pensée. Aujourd'hui je vous donne un mauvais exemple. Ce n'est pas de ma faute,
croyez-le bien.

J'eus le plaisir de voir qu'il daignait
accepter mes excuses :

— Vous venez de loin, patron. Moi qui
demeure à cinquante pas, je signerai la
feuille de présence tous les matins à neuf
heures moins cinq. L'exactitude est mon
fort.

Je le fis entrer dans mon cabinet où il
écouta, immobile et respectueux, cette
homélie dépourvue d'aménité :

— S'il vous plaît, ne prenez pas l'habitude
de m'appeler « patron ». C'est peut-être
l'usage à Elbeuf. Ici on m'appelle : « monsieur le directeur ».

Il témoigna par un geste sobre que cette
recommandation n'avait rien d'exorbitant.
Je continuai :

— Trois qualités vous sont indispensables,
si vous voulez réussir chez moi : la probité,
le zèle et l'obéissance.

Au mot de *probité*, une fugitive expression

d'étonnement se laissa voir sur son visage.
Peut-être qu'il ne s'attendait pas à m'entendre
lui intimer, comme condition essentielle à
mes bonnes grâces, l'avis formel de n'être
pas un filou. Il resta impassible ; mais je ne
voudrais pas jurer qu'en lui-même, à cette
minute, il ne m'ait appelé « vieux raseur ».
Admettons que je me trompais. Toutefois,
cette impression m'engagea à me raccourcir
et je passai directement au troisième point :
l'obéissance, que j'exigeai passive et aveugle.
Enfin, j'arrivai à la conclusion :

— Je vais vous présenter à votre chef
immédiat, monsieur Despréaux, déjà caissier
de cette banque au temps de mon père.
D'accord avec moi, il déterminera vos
occupations. Il est sévère, et les employés le
craignent. (Je n'ajoutai pas que je le crai-
gnais moi-même.) Il vous fera faire la connaissance de ces messieurs. C'est le moment
de vous répéter que mon amitié pour votre
père ne me rendra jamais partial. Entre
vous et vos collègues, je tiendrai la main à
ce qu'il n'existe aucune différence.

Comprenant que j'avais terminé, il prit la
parole, et je m'attendais presque à entendre
ces mots : « Le mieux pour moi ne serait-il

pas de retourner à Elbeuf ? » Je ne connaissais
guère Théodore. Plus souriant que jamais,
il me répondit :

— Monsieur le Directeur, tout ce que je
viens d'entendre est la sagesse même. Je me
permettrai une seule observation de pure
forme : entre mes collègues et moi il existe
une différence, puisque je ne touche pas
d'appointements. Et je suppose qu'ils en
touchent?

— Je vois avec plaisir que votre père
vous a prévenu que vous entriez dans mes
bureaux comme surnuméraire.

— Il a fait mieux, monsieur le directeur,
annonça Théodore en ouvrant son portefeuille.
Il assure ma subsistance par cette lettre de
crédit que je dois vous remettre.

Je lus le papier, qui était une ouverture
de compte chez moi, pour en user à sa
convenance. Des appointements! Le mot
devait le faire rire : il avait de l'argent
plein ses poches. A part moi, j'admirai
que son père lui laissât ainsi la bride sur le
cou : je n'en aurais pas fait autant pour
mon fils.

— Très bien, lui dis-je: mais gare aux
mauvaises fréquentations!

— Oh! fit-il, papa sait à quoi s'en tenir sur ce point.

Je le remis entre les mains de Despréaux. Celui-ci est d'humeur plutôt morose et n'aime pas les nouvelles figures. Je n'essayai aucunement de diminuer cette prévention.

— Vous aurez, lui dis-je, à vous rendre compte des capacités de ce jeune homme. En sa qualité de nouveau venu, il doit s'attendre à faire les corvées.

Despréaux eut une moue en apprenant que Théodore n'avait jamais mis le pied à Paris. D'un ton sévère il demanda :

— Vous fournissez un cautionnement?

— Non, admit le récipiendaire. Mais je crois que le dépôt de mon père chez vous monte à plusieurs centaines de mille francs. Cela suffit peut-être?

Despréaux avait parlé trop vite. Il ne trouva rien à répondre et fut vexé. Tels furent les débuts de Théodore dans ma banque. De toute la journée il n'entendit point parler de moi, et je n'entendis point parler de lui. Au moment de quitter la rue Laffitte pour retourner à Suresnes, j'entrai à la caisse, selon mon habitude. Après quel-

ques mots d'affaires, je demandai à Despréaux, la main sur la porte :

— Que faites-vous de Cantagrel?

— Je l'ai mis à copier la correspondance
à la presse. Il s'en tire assez bien. Je pense
que son père lui confiait ces hautes fonctions.

Il fallait voir le sourire de profond dédain
qui accompagnait la réponse. De ce côté
tout allait bien. Je demandai encore :

— Quel accueil lui ont fait ses collègues?

— Ni bon ni mauvais. Je pense qu'ils le
trouvent diablement provincial.

— Et vous, Despréaux?

— Moi, j'estime que s'il était resté à
Elbeuf nous n'y aurions pas beaucoup perdu.

Dans le wagon, où je n'avais plus Vaugrenier pour me distraire, je cherchai à
prévoir dans quelles dispositions j'allais
trouver Victorine. Mais ni elle ni ma fille ne
parurent soupçonner l'existence de Théodore
pendant toute la soirée. Ce silence me
déplut. L'ennemi se fortifiait sans bruit sur
les positions occupées. Qu'était-il besoin de
parler de Théodore? Son couvert serait mis
le dimanche suivant à côté du couvert de
Costenoble. Il arriverait avec sa contrebasse
et le concert aurait lieu.

Enfin j'étais le maître... dans mes bureaux. Tout en allumant ma pipe au fumoir solitaire (elle n'est pas permise ailleurs), je me surpris à fredonner cette réminiscence de *Guillaume Tell* :

D'Elbeuf les chemins sont ouverts !...

Le jour de l'affranchissement allait sans doute bientôt luire. Moins heureux que le patriote helvétien, je n'avais qu'un seul conjuré à ma suite. Mais Despréaux valait à lui seul tout un Canton.

IX

Le lendemain matin, en arrivant rue Laffitte, j'aperçus pour la première fois de ma vie Despréaux sommeillant sur son Grand Livre. J'eus peur, positivement, car j'ai de l'affection pour lui, sans compter que sa perte serait pour moi une catastrophe.

— Êtes-vous malade? lui demandai-je.

La seule vue du visage tourné vers moi suffit à me rassurer. Le teint fleuri, l'œil émerillonné, le sourire satisfait, le geste qui caressait sa longue barbe grise lui donnaient beaucoup moins l'air d'un malade que de Silène récemment abandonné par les Nymphes.

— Pas malade; trop bien dîné hier soir, me répondit ce fêtard sexagénaire, non sans quelque fierté.

— Vous ne m'avez pas dit un mot de cette invitation?

— Je ne l'avais pas reçue quand vous êtes parti.

Me voyant intrigué, il entama le récit avec une prolixité inconnue chez cet homme laconique d'ordinaire :

— Quand l'heure fut venue de fermer les bureaux, monsieur Cantagrel (c'était « monsieur Cantagrel » ce matin!) s'est approché de moi en s'excusant de la liberté grande, et m'a informé de l'intention qu'il avait de payer le soir même sa bienvenue à ses collègues. Oserait-il me prier de me joindre à eux? Ne serait-ce pas manquer au respect de la hiérarchie? Ayant demandé ce qu'il entendait par « payer sa bienvenue », j'appris qu'ils allaient dîner ensemble. Je voulus savoir où. Il l'ignorait, confessa-t-il. Mais si je lui faisais l'honneur d'accepter la présidence du repas, le choix du lieu m'appartiendrait : je devais connaître les bons endroits. La hiérarchie étant ainsi maintenue, j'acceptai et je conduisis la bande... au *Bœuf à la Mode!*

Il s'arrêta pour jouir de mon admiration :
je restai de glace, prévoyant l'apothéose qui
allait suivre.

— Mâtin ! celui-là sait commander un
dîner ! continua-t-il. Pour commencer, les
nuîtres : chacun sa douzaine. Ensuite la
bisque, les perdreaux rôtis, le pâté de foie
gras à discrétion, les glaces, du champagne
comme s'il en pleuvait. Café, liqueurs, cigares
de la grosseur de mon pouce. L'addition — j'ai
louché pour la voir — allait dans les quatre-
vingt-dix francs. Il a lâché le billet tout rond,
avec un geste de prince qui voulait dire :
« Gardez le reste. » Et ce que nous avons
ri ! En voilà un qui est drôle ! Si vous l'aviez
entendu chanter : *Je veux revoir ma Normandie,* en s'essuyant les yeux avec sa ser-
viette, vous vous seriez tordu. Et quel tact !
Au dessert, il a proposé votre santé que nous
avons bue debout. N'est-ce pas charmant ?

Charmant, en vérité ! Je frémissais de
colère en voyant que cet infernal jeune
homme venait de conquérir mon personnel
d'un seul coup, de même qu'il avait subju-
gué ma famille. J'éclatai avec violence :

— Cantagrel va recevoir son congé immédiatement.

A ces mots, Despréaux se redressa sur son haut tabouret d'où il dominait la situation. Ce n'était plus Silène, mais Minos tenant le glaive de la justice.

— Monsieur Lecerteux, prononça-t-il, vous êtes le maître. (Lui aussi!) Mais le devoir d'une solidarité loyale m'obligerait à suivre mon hôte d'hier soir. Probablement vos employés feraient de même. Quel crime a-t-il commis?

— Quoi! Sans y être autorisé par moi, il vous entraîne tous à une débauche en règle!

— Ma présence devrait suffire à vous assurer que cette réunion cordiale ne ressemblait en rien à une débauche. Quant à vôtre permission, laissez-moi poser en principe qu'une fois les bureaux fermés, il n'y a plus de prolétaires dépendant du capitaliste qui les paye, mais des citoyens libres qui sont ses égaux.

Il était assez plaisant de voir Théodore, avec ses gestes de prince, classé parmi les prolétaires. Je n'en étais pas moins en face d'une émeute accompagnée de menace de grève. Entre Despréaux et moi la politique, jusque-là, était restée dans l'ombre, et pour cause. Il s'était battu sur les barricades en 1830. Calmé par l'âge, il gardait ses opinions pour lui. Cependant, le 15 août, il restait enfermé dans son logis, façon de protester contre la tyrannie impériale. Esclave de ses convictions, ennemi de l'ingratitude, je savais à n'en pas douter qu'il suivrait dans sa disgrâce l'innocent persécuté, qu'il couvrait de sa protection. Je me tirai de ce mauvais pas en disant que j'allais réfléchir. Les choses en restèrent là.

Bientôt, non content de protéger Théodore, Despréaux s'avisa de le *découvrir.* Sa première découverte eut lieu le lendemain de notre escarmouche.

Le courrier, chose assez rare, contenait une lettre d'origine anglaise. J'ordonnai qu'elle fût portée à un office de traduction. Au bout d'un quart d'heure à peine mon caissier apparut, radieux.

— Nous venons, dit-il, de faire une économie de temps et d'argent! Monsieur Cantagrel parle anglais comme la reine Victoria. Voici la lettre traduite. En outre, il sait l'allemand. Nous pourrions avoir, comme Rothschild, un bureau de correspondance étrangère, et sans augmenter nos frais,

5.

d'autant moins que cet employé ne touche pas d'appointements.

Je haussai les épaules, aussi grincheux qu'un homme peut l'être, et lançai cette plaisanterie :

— Pourquoi, pendant que nous y sommes, ne pas le nommer caissier en chef?

— Je serais étonné si monsieur Cantagrel consentait à me dépouiller de ma place, répondit Despréaux d'un air froid et digne. Il n'est pas homme à le faire. Mais, entre nous, je soupçonne qu'il connaît la comptabilité aussi bien que vous et moi.

L'invasion suivait sa marche. Théodore était implanté solidement rue Laffitte. Ses collègues, visiblement, le considéraient comme un être supérieur et ne le trouvaient plus provincial. Quant aux corvées, il n'en était pas question pour lui. Tout cela pour un bon dîner et quelques cigares! Je cherche en vain, et je prie qu'on me dise, quel moyen j'aurais pu prendre pour lutter contre l'inexorable Destin.

Rentré aux Glycines, je dînai sans appétit et montai me coucher de bonne heure, prétextant une forte migraine. Je rêvai que Théodore me signifiait mon congé et me

renvoyait à Elbeuf, sans que Despréaux
essayât de me défendre. Le lendemain je lui
parlai à peine et, surtout, j'évitai de faire
allusion à la fête organisée et payée par lui.
Son attitude à mon égard fut respectueuse,
irréprochablement déférente. Ainsi nous
arrivâmes au dimanche, date du fameux
concert.

X

Je suis un homme d'habitudes, quelques-
uns disent : de manies. Peu m'importe. Les
manies sont une source constante d'inoffensives voluptés qu'on peut généralement
satisfaire, tandis que, toute question de
morale à part, on n'est pas toujours assez
riche ou assez libre pour satisfaire ses passions.

Le dimanche en particulier, ma vie est
réglée comme le papier à musique cher à ma
femme. Lever une heure plus tard qu'en
semaine ; café au lait en famille ; messe
idem. Ensuite conférence avec mon jardinier
dans mon parc minuscule ou dans ma serre,

suivant la saison. Après le déjeuner, sauf
quand Vaugrenier vient — ou plutôt *venait*
— se reposer à notre table des repas étince-
lants de Bignon, longue sieste dans mon
fumoir. Dans l'après-midi arrivée de quelques visites, peu nombreuses, car, d'après
Victorine, « il n'y a personne à voir à
Suresnes ».

Sur les six heures ma voiture me conduit
à Saint-Cloud et ramène madame Thévenin
aux Glycines, pour le dîner et le concert dont
elle forme tout l'auditoire. Je ne voudrais
pas jurer que l'excellente personne trouve
ces soirées fort amusantes; mais elle est trop
bonne amie pour causer une peine à ma
femme en le laissant paraître.

De mon côté, je dîne avec Paul Thévenin,
toujours en tête à tête. C'est le seul moment
de la semaine où je puisse bavarder tout à
l'aise avec lui, sans compter que j'y trouve
un excellent prétexte pour me dérober à
l'orgie musicale déchaînée dans mon intérieur.

Ouvrons la parenthèse promise afin d'es-
quisser le portrait de cet homme qui sera mon
fidèle, peut-être mon unique allié, dans les
luttes que je prévois pour l'avenir.

Le docteur Thévenin succéda à son père, lequel exerçait déjà la médecine à Saint-Cloud. Remarqué dans ses examens, pouvant espérer faire fortune à Paris, tout à sa porte, il a préféré s'établir dans la maison paternelle, soit par défaut d'ambition, soit plutôt, je le soupçonne, par un fond de paresse qu'il décore du nom de philosophie.

— La science médicale, m'a-t-il confié, devient trop vaste. Chaque jour nous découvrons de nouvelles maladies avec une effroyable certitude. Nous leur trouvons des remèdes, bien entendu, mais d'un effet moins certain. Quoi qu'il en soit, pour se tenir au courant, il faudrait passer la moitié des nuits à lire les Revues spéciales. J'aime mieux lire Horace. Je m'en tiens à ce que mes maîtres m'ont appris et mes clients le savent : libre à eux de courir aux méthodes nouvelles. Je n'entends pas me tuer de fatigue et voir cinquante malades par jour comme nos grands ténors. Quelques riches payant bien, un peu plus de pauvres ne payant pas me suffisent.

Au surplus, pour faire plaisir à sa femme, il a consenti à recevoir un titre qu'elle étale sur leurs cartes de visite collectives :

LE DOCTEUR THÉVENIN

Médecin du Palais de Saint-Cloud

ET MADAME THÉVENIN

Il en riait un peu quand nous étions seuls.

— Cela veut dire, expliquait-il, que je soigne à forfait les employés supérieurs ou subalternes en résidence fixe au Palais, leurs épouses, leurs belles-mères, leurs enfants et leurs domestiques. Mais, hélas! quand l'Empereur vient ici pour un séjour jamais bien long, croiriez-vous qu'il manque de tact au point d'amener son médecin ordinaire, celui de l'Impératrice et celui du Prince Impérial!

Pour madame Thévenin, cela voulait dire beaucoup plus. Elle aime la Cour, de même que Victorine aime la musique. Or, pendant les apparitions des souverains, il est d'usage qu'une réception soit donnée au monde officiel de Saint-Cloud. Félicie a le bonheur

inappréciable de baiser la main de l'Impératrice et d'entendre l'Empereur lui demander :

— Comment s'est portée la charmante
madame Thévenin depuis l'année dernière?

Un professeur célèbre lui a enseigné l'art
difficile des révérences de Cour. L'étiquette
n'a pas de secrets pour elle. On peut sourire
en la voyant copier légèrement les dames
d'honneur; mais c'est une fameuse école de
politesse. Pour mon compte, je ne trouve
pas que l'excellente femme y perde, vu son
éloignement de la pose.

Il faut croire que mon opinion est par-
tagée par des juges plus compétents, car les
jeunes officiers de l'escorte acceptent d'aller
goûter chez elle, sachant qu'ils y trouveront
les plus jolies personnes de Saint-Cloud.
Victorine et Antoinette, comme de juste,
sont toujours invitées. Mais, avec le bon
sens qui la caractérise (sauf quand il s'agit
de Théodore), ma femme est inébranlable
dans son refus, peu désireuse que sa fille
ait la tête tournée par les brandebourgs et
les moustaches des Guides.

Félicie Thévenin a été son amie de couvent, et cette amitié de pensionnaires,
devenue amitié de femmes, n'a jamais

connu la moinde éclipse. Elles se voient
constamment, puisque leur vie se passe à
trois kilomètres l'une de l'autre. A Saint-
Cloud on aime recevoir; à Suresnes on
préfère une existence calme. J'imagine que
cette diversité plaît aux deux amies : chacune
peut trouver chez l'autre ce qui manque
chez elle. Madame Thévenin, qui n'a pas
d'enfants, adore Antoinette et gâte un peu
trop mon fils Fernand dont je n'ai pas encore
beaucoup parlé; mais il y a temps pour tout.

Cette intimité entre les deux femmes a
été l'origine de celle qui règne entre leurs
maris. Maintenant je reviens à ce dimanche
qui fut le premier jour du règne de mon
usurpateur.

Pendant le déjeuner, Victorine avait demandé :

— Tu es donc brouillé avec Vaugrenier?

— Comment le sais-tu?

— Par Félicie, que je suis allée voir hier.

— Vaugrenier ignore le respect du mur
de la vie privée. Je le lui ai fait sentir et il
a mal pris mon observation. Tant pis pour
lui!

L'après-midi se passa comme d'habitude.
Le train de Versailles nous amena « le pro-

fesseur Costenoble », en réalité deuxième
violon au théâtre où sa femme est ouvreuse,
réfugié en France nul n'a jamais su dire
pourquoi. Comme recommandation, il montre une lettre de l'auteur de *Mie Prigioni*,
son compagnon de captivité, qui l'appelle
carissimo amigo. Ma femme lui accorde un
talent énorme et « un tempéramont
d'artiste ». Je trouve que son visage hirsute
est celui d'un bandit; mais surtout je lui
reproche l'odeur de sa personne qui n'est
due qu'en partie, je le crains, aux vigoureux fromages de la patrie absente. A vrai
dire je n'en souffre pas souvent, parce
qu'Antoinette prend ses leçons aux heures
où je travaille rue Laffitte.

Je me cachai pour ne point assister à
l'arrivée de Théodore, tout en guettant son
apparition, qui ne tarda guère. Du haut de
ma terrasse, je le vis gagner ma maison les
yeux fixés — telle une mère surveille le
pousse-pousse de son nouveau né — sur
la charrette à bras contenant le catafalque
noir de la contrebasse.

Enfin ce fut le tour de madame Thévenin
que j'aidai à descendre de voiture devant
mon porche. Avec sa bonne grâce ordinaire

— pauvre femme ! — elle voulut me dire une parole aimable : '

— Ainsi une surprise m'attend au concert? Victorine est enchantée et déclare qu'*il* est charmant.

Un peu plus vite que ne le comportait la politesse, je pris la place qu'elle venait de quitter, et son coupé m'emporta vers Saint-Cloud.

XI

J'aime beaucoup mes dîners de chaque dimanche en tête à tête avec le docteur. On mange bien aux Glycines, mais on mange encore mieux chez les Thévenin, quoique Victorine prétende le contraire. Quand nous avons du monde, la cuisinière met son amour-propre à bien faire; elle se néglige quand nous sommes seuls et la maîtresse de maison, qui se pique avant tout d'être artiste, s'en préoccupe assez peu. C'est, au contraire, dans l'intimité que le docteur exige la perfection, parce qu'il peut alors savourer ce qu'il mange, plaisir troublé s'il faut s'occuper des convives. Il est à la fois gour-

met et sobre, chose rare; aussi je lui envie
son estomac.

Nous fûmes, selon notre habitude, silencieux au potage. Puis, nous commençâmes
à parler de nous-mêmes, de nos familles, de
nos occupations, des menus événements de
notre entourage. J'aurais donné je ne sais
quoi pour n'être pas obligé de parler de
Théodore; mais c'eût été grotesque dans
l'occasion, et je devinais que le docteur
s'étonnait déjà de ma réticence. J'abordai la
question en affectant de la traiter comme un
enfantillage de Victorine :

— Vous savez que nous avons ce soir un
début à sensation au concert des Glycines?

— Je suis sûr que vous regrettez de ne
pas y être? dit Thévenin en riant.

— J'aime mieux être ici. Vous connaissez
mon goût pour la musique : ma femme et
ma fille l'aiment trop; c'est leur dada. Faire
leur partie dans un orchestre sérieux serait
le comble du rêve.

— *Terrarum dominos evehit ad Deos.* Mais,
mon bon ami, faites attention qu'un dada
est chose très salutaire pour nos compagnes.
La vôtre serait heureuse d'être une émule
de Liszt. Pour la mienne, l'idéal serait

d'être dame d'honneur. Elles mourront
l'une et l'autre sans avoir connu la joie
désirée. Du moins elles tâchent d'en appro-
cher, et cette recherche occupe leurs ima-
ginations. Où avez-vous découvert ce débu-
tant?

— Un de mes amis, grand industriel, me
l'a envoyé d'Elbeuf pour faire son stage et
devenir capable d'être banquier un jour.

— Il est riche, alors?

— Probablement.

— Et très bien de sa personne, dit-on.

L'heure était venue de tuer le serpent
dans l'œuf :

— Mon bon Thévenin, je devine que vous
voyez déjà mon gendre dans la personne de
Théodore Cantagrel. Si vous avez de l'amitié
pour moi, mettez-vous bien dans la tête,
qu'il ne le sera jamais. Donc la question
est enterrée, et nous n'en reparlerons plus
si vous voulez m'être agréable.

Il me fit un grand salut avec le sourire un
peu énigmatique qu'il a souvent, et la conversation fut dirigée par lui sur un sujet
plus considérable pour l'avenir du globe que
le « début » de Théodore, à savoir l'inau-
guration récente du télégraphe transatlan-

tique. Mais, pendant cette soirée, l'abandon
ordinaire ne fut pas de la partie. Je pensais
tout le temps au concert des Glycines qui, en
définitive, avait lieu malgré moi. L'idée que
j'allais trouver madame Thévenin subjuguée
et enthousiaste m'était insupportable. Je me
résigne aussi bien qu'un autre aux ennuis
de l'existence quand ils ont fondu sur moi;
mais j'évite de contempler leur aspect
morose. Vaugrenier, qui ne manquait jamais
l'occasion d'une critique, sous prétexte qu'on
se doit la vérité entre amis, prétendait que
je dois compter une autruche dans ma
lignée ancestrale.

Je lui donnai raison ce soir-là. Au lieu de
monter comme à l'ordinaire dans la voiture
de madame Thévenin qui allait la prendre à
Suresnes, je laissai l'équipage partir à vide,
chargeant le cocher de prévenir chez moi que
je comptais faire la route à pied et rentrerais
un peu plus tard. Sur quoi Paul m'offrit sa
compagnie pour un bout de chemin. Refuser
n'était pas possible, malgré le vif désir que
j'avais d'être seul afin de ronchonner en
dedans, tout à mon aise.

Ses malades, et même ses confrères, re-
connaissent à Paul Thévenin un pouvoir de

diagnostic peu ordinaire au point de vue
médical. En matière de psychologie son
aptitude n'est pas moins grande; mais il
n'en profite pas pour me dire des vérités
désagréables comme ferait Vaugrenier. Ami
discret autant que sûr, jamais il ne provoque
une confidence; la confidence vient toute
seule, sans qu'on s'en doute, et sans qu'on
ait lieu de la regretter plus tard.

Nous suivîmes la route qui longe la Seine.
Elle était presque déserte vu l'heure avancée
déjà. Mon compagnon mit son bras sous le
mien.

— N'aimez-vous pas « cette obscure clarté
qui tombe des étoiles »? demanda-t-il.

— Corneille fut un grand poète, répondis-
je froidement.

Après un silence d'une minute, il
m'interrogea, de cette voix chaude et pro-
fonde qui agit encore sur moi comme le
premier jour où je l'ai entendue :

— Vous n'êtes pas dans votre assiette ce
soir, mon bon ami?

— Je suis fatigué.

— Pourquoi, alors, n'avoir pas pris ma
voiture? On dirait que vous avez peur de
rentrer chez vous.

— La vérité est que je ne désire pas trouver au retour Théodore Cantagrel et sa contrebasse.

Il essaya d'être humoristique, pour me dérider :

— La contrebasse vaut à elle seule vingt certificats de bonne vie et mœurs. Directeur d'une banque, je voudrais que tous mes employés fussent de première force sur cet instrument. Avez-vous jamais entendu dire qu'un contrebassiste ait forcé le coffre-fort ou coupé la gorge de son patron?

— Vous avez beaucoup d'esprit, Thévenin. Mais, si vous dirigiez une banque, vous plairait-il qu'un de vos employés s'infiltrât malgré vous dans votre domicile privé?

— Pourquoi n'empêchez-vous pas une infiltration qui vous met dans cet état violent?

— Avez-vous toujours empêché votre femme de faire une chose qui vous déplaît?

— Certes non. Mais la vôtre est un modèle sous ce rapport. Si vous lui aviez exprimé nettement votre décision, elle n'aurait pas discuté.

Je sentis la confidence monter à mes lèvres, sans pouvoir et sans vouloir l'arrêter.

6

Je débutai par cette question posée à brûle-pourpoint :

— Avez-vous quelquefois trompé votre femme?

— Moins souvent que ne le font beaucoup de mes confrères; mais quelquefois. J'imagine qu'elle s'en doute. Seulement Félicie est intelligente; aucun nuage n'a surgi entre nous.

— Il faut croire alors que Victorine manque d'intelligence. Une seule fois je l'ai trahie; je me suis laissé prendre, et le nuage est devenu un orage.

La suite se devine. Je révélai à mon vieil ami le secret qui pesait sur ma conscience, et plus encore sur mon autorité. Mon entretien conjugal le premier soir de l'apparition de Théodore fut rapporté à Thévenin. Le monstre éclata de rire.

— Comment, s'écria-t-il, tant d'années après! Vous êtes licencié en droit et vous ignorez le bénéfice de la prescription?

En principe, la remarque était juste. Je fus embarrassé pour répondre à ce confesseur dont la manche était assez large. Devenu sérieux et serrant mon bras un peu plus fort, il continua :

— Ainsi donc, pauvre homme, ayant en
face de vous un camp ennemi, vous négligez
cette précaution élémentaire qui est de
savoir ce qui s'y passe! Vous ne voulez pas
entendre parler de ce jeune homme pour
gendre : c'est votre affaire, et je ne vous
demande pas vos raisons. Elles doivent être
fortes, puisqu'il est riche, bien élevé, joli
garçon....

— Il n'est pas si bien élevé qu'on peut le
croire, interrompis-je. Quant aux séductions
de sa personne, si vous aviez une fille,
choisiriez-vous pour elle un monsieur après
qui courront toutes les femmes?

— Je voudrais avant tout savoir ce qu'est
le monsieur. S'il n'est pas ce qu'un mari
doit être, peu importe que les femmes ne
courent pas après lui. Il en sera quitte pour
courir après elles... Mais, encore une fois,
la cause est entendue : il est condamné
sans appel. *Quæ cum ita sint* il fallait me
lâcher ce soir, dîner chez vous, assister au
concert, étudier les physionomies. Trouvez-
vous pas que j'ai raison?

— Peut-être, soupirai-je. Dans tous les
cas il est trop tard maintenant.

— C'est à savoir : vous avez un allié

désormais. Courage! Nous nous reverrons dimanche. Tenez-vous tranquille jusque-là. Je saurai les impressions de ma femme pendant la soirée. Sur ce, bonsoir, et pas de mauvais songes! Voilà les lumières du train qui ramène Théodore et sa contre-basse :

Le flux les apporta ; le reflux les remporte.

Serrons-nous la main : le traité est conclu.

Aux Glycines, tout était remis en ordre. Les pupitres avaient disparu ; le piano était fermé. Victorine et Antoinette m'attendaient, les yeux encore brillants des joies musicales. Mais, entre la mère et la fille, le mot d'ordre existait. Il fut à peine fait mention de leur soirée. On m'interrogea sur la mienne et sur les incidents de mon retour pédestre. Mais, de ce côté aussi, il y avait un mot d'ordre.

XII

On voit que le docteur n'est pas moins habile à soigner les blessures de l'âme que celles du corps. Sa conversation m'avait remonté le moral. Seul jusqu'ici dans ma lutte contre le monde entier, j'étais soutenu à cette heure par un allié puissant et désireux de me servir. Mais surtout le conseil donné de me tenir tranquille pendant une semaine m'allait comme un gant. Huit jours d'armistice, ou, plus exactement peut-être, huit jours de sursis. J'allais pouvoir oublier Théodore, d'autant plus facilement qu'on était visiblement décidé, aux Glycines, à ne plus en parler.

6.

Toutefois, la nuit porte conseil. Je résolus d'entreprendre sans plus tarder une attaque souterraine qui, bien conduite, pouvait amener la capitulation. Il suffisait d'adopter vis-à-vis de mon stagiaire l'attitude significative d'un patron *désappointé*. Dans toutes les occasions, même s'il fallait les faire naître, je lui ferais sentir que la banque Lecerteux exige des capacités supérieures aux siennes. Le jour même j'entrai dans cette voie, sans aigreur, — l'injustice n'est pas dans ma nature, — mais, tout au contraire, avec des façons paternelles. Dès notre premier entretien j'eus le plaisir de voir qu'il semblait me comprendre ; aussi je ne poussai pas les choses plus loin. S'il se rendait compte de la situation, et s'il faisait ses malles, comme je pouvais l'espérer, la campagne était finie et j'allais pouvoir dire à Thévenin que l'ennemi battait en retraite, ce qui est la meilleure des victoires.

Nous entrâmes alors dans une période d'attente, coupée par l'événement le plus impossible à prévoir.

Un jour, venant me remettre au travail après déjeuner (pas chez Bignon), j'eus deux surprises : la première de trouver Fernand

dans mon cabinet, alors que je le croyais
en train de faire des battues en Seine-et-
Marne chez des amis; la seconde de le voir
causer avec Théodore, dont je n'avais pas
eu souvent l'occasion de lui parler, comme
s'ils eussent été amis d'enfance.

L'année, pour mon fils, se partage en
quatre saisons qui n'ont rien d'astronomique.
Il y a la saison de la chasse en plaine, où
nous sommes; la saison de la chasse à
courre, où nous entrerons dans un mois;
la « saison » proprement dite, qui dure tout
l'hiver plus une partie du printemps; et
enfin la saison du Bois, des courses, des
parties de campagne, voire même de la
navigation de plaisance, car tout est bon
pour Fernand, à condition qu'il s'amuse.
Sa mère et moi constatons, sans pouvoir
trop le lui reprocher, qu'il ne s'amuse guère
aux Glycines.

Moins beau que Théodore, Dieu merci!
mon héritier (qui ne prend pas le chemin de
devenir mon successeur) a la taille plus
haute, les attaches plus fines, les mouvements plus dégagés, les manières plus
élégantes. C'est un fin cavalier, un « fusil »
de premier ordre, un réputé conducteur de

cotillons. Et, vertu de moi! s'il est un reproche qu'il ne risque pas de jamais entendre, c'est d'avoir l'air provincial. Bon et affectueux pour ses parents, adorant sa sœur, il a de l'esprit, un entregent énorme, la bonne humeur qu'engendre une santé superbe. Heureusement, la fée sa marraine déposa dans son berceau, en plus de ces trésors, un présent inestimable pour un filleul riche : le bon sens. J'ai déjà dit qu'il ne sait pas mentir ou manquer à sa parole. Enfin, on admettra que je ne suis pas un père trop à plaindre.

Je ne crois pas qu'il existe un jeune homme plus invité que Fernand : il n'a qu'à choisir. On l'invite aux battues pendant la saison où nous sommes; on l'invitera aux chasses à courre pendant la suivante; aux bals, aux dîners, aux théâtres ensuite. Pendant l'été on l'apercevra aux courses; mais aucun bookmaker n'a jamais connu la couleur de son argent. On le verra autour du lac dans son phaéton; à Trouville pour une simple apparition, ses moyens, il l'avoue, ne lui permettant pas un séjour. Peut-être qu'il fera une croisière sur un yacht cossu, car, ignorant le mal de mer, on aime l'avoir

pour passager. Et, quand Paris sera vide,
nous aurons plus souvent sa visite aux Glycines ; il en sera de même pour les Thévenin
à Saint-Cloud : on l'y reçoit comme l'enfant
de la maison.

Il a son dada, lui aussi, qui est de péné-
trer au Faubourg Saint-Germain : je dois
constater que c'est chose faite. Plus d'une
douairière, venue me consulter pour un
placement, m'a déclaré pendant que je la
reconduisais à sa berline :

— Monsieur Lecerteux, vous avez un fils
charmant, aussi bien élevé qu'aucun des
nôtres, et plus poli pour les vieilles femmes.

C'est qu'il a un système dont il m'a confié
le mécanisme, un jour que nous causions
« entre camarades ». Nous sommes une paire
d'amis, maintenant.

— D'abord, me dit-il, je laisse de côté les
gens qui vont aux Tuileries. Ceux-là se
suffisent à eux-mêmes et n'ont pas besoin de
moi. Au contraire, dans le monde comme il
faut, c'est-à-dire dans le monde qui boude,
il y a quelque chose à faire. Seulement, pour
y entrer, non moins que pour entrer au ciel,
on doit s'imposer des privations. Les jeunes
femmes du Faubourg sont absorbées, les

unes par leurs enfants, — il y en a beaucoup
de vertueuses, — les autres par des préoccu-
pations d'un genre opposé. Elles accaparent
les jeunes gens, du moins ce que les cocottes
veulent bien leur laisser. Restent les mères,
je parle de celles qui, ayant conservé leurs
cheveux, leurs dents et de bonnes jambes,
désirent s'amuser encore un peu avant la
retraite définitive. Celles-là ne trouvent pas
facilement un cavalier, sauf de leur âge, et
préfèrent un complice plus jeune pour leurs
innocentes fredaines. (Sur le terrain des
amours séniles, pas besoin de vous affirmer
que je tire au renard.)

— Qu'est-ce que c'est que tirer au renard?
demandai-je.

— Un cheval tire au renard, expliqua-t-il,
quand il refuse de se laisser atteler. Reve-
nons à nos jeunes douairières en quête
d'un compagnon qui ne connaisse pas leurs
histoires de jeunesse. Me voici, toujours prêt
à offrir mon bras pour une tournée au
Salon, pour un concert, pour une visite à
l'Hôtel des Ventes. Un ex-attaché aux Beaux-
Arts ne peut manquer de se connaître en
tableaux et en vieux meubles. Quelquefois,
hélas! il s'agit de battre monnaie avec un

souvenir de famille, et mon utilité devient
encore plus pratique. C'est bien le moins
qu'on m'invite à dîner pour mon courtage.
On a vu que je sais tenir ma fourchette, et
que je peux introduire dans la conversation
des sujets moins rebattus que les aristo-
cratiques potins du Faubourg. Je ne vais pas
aux Tuileries; jamais on ne m'a surpris
parlant à une cocotte. Bref, je fais partie de
la bonne société. Ma foi! je m'y trouve
comme le poisson dans l'eau, et cela ne
cause de mal à personne, pas même à vous,
papa.

Cela me faisait plaisir au contraire, d'autant plus que j'y gagnais d'avoir un fils « rai-
sonnable ». Une ou deux fois Fernand m'avait
pris dans son phaéton pour une promenade
au Bois. J'avoue qu'il m'avait été agréable
de voir que, dans beaucoup d'équipages
blasonnés, une matrone de grand air lui
rendait son salut avec un sourire gracieux.

Le « système », naturellement, avait ses
détracteurs. Un jour, avant notre brouille,
Vaugrenier avait dit à mon fils, qu'il aime
beaucoup au fond, mais qu'il plaisante
volontiers :

— Toi, tu es un satyre pour vieilles dames!

La riposte était venue sans se faire attendre :

— Monsieur Vaugrenier, qu'est-ce qui vaut le mieux : être un satyre pour vieilles dames, ou un vieux monsieur pour jeunes nymphes?

Le directeur du *Furet*, avec tout son esprit, était resté coi, le coup ayant porté.

Voilà une parenthèse un peu bien longue. Du moins elle donnera l'impression qu'il n'existe pas sur terre deux êtres humains moins faits pour se comprendre et s'attacher l'un à l'autre que Théodore et Fernand.

Aussi, je le répète, ma surprise fut grande et parfaitement désagréable quand je les trouvai dans mon cabinet rue Laffitte, causant ensemble comme une paire d'amis.

— Laissez-nous, monsieur Cantagrel, commandai-je d'un ton assez brusque.

Il se retira, soumis et respectueux.

— Par quel hasard? dis-je à Fernand quand nous fûmes seuls. On te croyait en Seine-et-Marne pour la semaine. Tu as changé ton programme?

— Ce n'est pas moi qui l'ai changé. Hier, dans la journée, un rabatteur a été blessé dangereusement par l'idiot que j'avais pour

voisin de poste. C'est un de mes bons amis,
mais c'est un idiot tout de même. La séance,
naturellement, fut levée en signe de deuil,
et je suis rentré me coucher rue de l'Arcade.
Me voilà sur le pavé jusqu'à mon prochain
engagement, c'est-à-dire jusqu'à dimanche.

— Pauvre ami! Je te plains. Mais cela
n'explique pas pourquoi je te trouve en conférence intime avec un de mes employés
dont tu ignores plus ou moins l'existence.
Car, sauf le dernier jour du mois, échéance
de ta pension, tes visites à mon bureau sont
rares. Et nous ne sommes qu'au vingt-huit.

— C'est toute une histoire, qui commence
mal mais finit bien. Je ne m'étendrai pas sur
son mauvais début. Mon ami, l'assassin des
rabatteurs, ne pouvait moins faire que de
laisser dix louis à sa victime, en attendant
mieux. Or, il n'a jamais le sou, et m'a
emprunté la somme, juste le fond de ma
bourse, d'où ma visite à Despréaux : il
faut bien vivre. M'avancer mon mois trois
jours d'avance, il m'a paru que ce n'était pas
une faveur incommensurable. Mais ce
farouche vieillard est un strict exécuteur de
vos volontés, devant lesquelles je m'incline.
Il m'opposa un refus formel. L'entretien,

7

court d'ailleurs, avait eu pour témoin un
jeune inconnu. Il me demande si je ne suis
pas Fernand Lecerteux. Alors, sur ma
réponse affirmative, il sort de son gousset
dix louis qu'il dépose dans ma main en
s'excusant de la liberté grande. Je repousse
d'abord cette manne tombée du ciel. D'un
mot l'étranger fait évanouir ma résistance :
« Je suis Théodore Cantagrel! »

On devine l'effet produit par cette narra-
tion enthousiaste : j'étais furieux et passai
ma colère sur Fernand, que Théodore venait
d'acheter pour une somme modique. Je lui
rappelai assez durement qu'il m'avait promis
de ne pas faire de dettes. Son enthousiasme
fit place à une physionomie sérieuse, pour
ne pas dire plus. Il fit cette réponse, qu'on
pourra trouver subtile :

— Je ne vous ai pas promis d'employer
la force pour empêcher un brave garçon,
dont vous aimez le père, de me tirer d'un
embarras pénible. Avec un revenu mensuel
de cinq cents francs, on est à la merci du
moindre imprévu. Mes amis me croient très
riche. Quant à Théodore, il est certain de
rentrer dans son avance après-demain.

— Il va y rentrer tout à l'heure. Je

n'admets pas qu'un de mes commis soit ton
créancier.

— Comme il vous plaira. Mais avouez que
les types de ce genre ne courent pas les
rues. Entre nous, désormais, c'est à la vie, à
la mort.

Il n'est pas facile de discuter avec Fernand,
qui garde son calme alors que je perds le
mien. Voulant quitter un sujet profondément
désagréable :

— Puisque tu es sur le pavé, pour
employer ton expression, peut-être que tu
nous feras l'honneur de dîner aux Glycines ?

— Avec votre permission, j'irai seulement
demain soir. Tout à l'heure j'ai rencontré
madame Thévenin qui m'a invité - pour
aujourd'hui. Et je viens d'arranger une partie
avec Cantagrel que je mènerai dans mon
phaéton à Saint-Cloud, et que je ramènerai
au clair de lune.

J'éclatai de nouveau.

— C'est incroyable ! Je ne suis plus maître
de mon personnel !

— Mais, papa, votre personnel recouvre
son indépendance après la fermeture des
bureaux.

La thèse de Despréaux, avec la même

conclusion : Ne touchez pas à Théodore ! Je congédiai Fernand sous prétexte de besogne urgente, et je restai seul avec mes pensées. Le monde entier se donnait le mot pour favoriser mon adversaire. Je n'entendais parler que de lui, sauf aux Glycines, où l'on n'en parlait pas assez. Rentré chez moi, je racontai simplement la mésaventure du rabatteur, le retour inopiné de Fernand, ses projets pour Saint-Cloud, et sa promesse de venir dîner le lendemain. Je laissai Théodore dans l'ombre.

Le lendemain ! Encore une journée décourageante ! Dans la volumineuse correspondance qui m'attendait rue Laffitte, je distinguai tout d'abord, sur une enveloppe timbrée d'Elbeuf, l'écriture de Cantagrel père. Je l'ouvris avec une joyeuse espérance. Peut-être que Théodore avait « compris » et demandait son rappel. Je lus ces lignes qu'on aurait crues dictées par une odieuse recherche d'ironie :

« Mon cher Casimir,

» Je ne puis tarder davantage à vous remercier du fond de mon cœur paternel. Théodore m'écrit qu'il est comblé d'attentions

par vous et par la meilleure des femmes, qui
est la vôtre. Il dit que votre maison est
devenue pour lui un *home* véritable. Il ne
peut se figurer qu'il était pour vous un inconnu
il y a quelques jours.

» Certes, je n'ignore pas qu'il doit tout
d'abord cet accueil à votre vieille affection
pour moi. Cependant j'ai la présomption
de croire que son mérite personnel y est
pour quelque chose, puisque ses collègues
sont déjà des camarades pour lui. Vous êtes
— je cite ses paroles — le modèle des
patrons : « Sévère mais juste, évitant toute
partialité ». C'est mon système, et je serais
étonné que ce ne fût pas le vôtre. J'ai toute
confiance dans l'avenir de mon fils chez vous,
car il aime le travail.... »

Suivait une longue et nouvelle énumération des autres qualités de ce prodige. Fidèle
à nos conventions, Cantagrel père évitait la
moindre allusion au motif véritable du
voyage de Théodore à Paris. Mais, dans
l'opinion de ce brave homme, tout marchait
à souhait, évidemment, et son fils était en
bonne voie de devenir mon gendre. C'est
ainsi que ce jeune aveugle comprenait « mon
attitude ». Serai-je donc obligé de le battre

pour lui inculquer la notion de mes vérita-
bles sentiments à son égard?

Je mis la lettre dans ma poche, résolu de
ne pas y répondre avant de l'avoir montrée
à mon allié, c'est-à-dire à Thévenin. J'étais
curieux de voir ce que celui-là pourrait
trouver pour me convaincre que tout allait
pour le mieux dans le meilleur des mondes.
Quant à moi, j'estimais que tout allait aussi
mal que possible.

Le soir venu, je regagnai Suresnes. En
temps ordinaire, la pensée de dîner avec
mon fils eût été une joie. Mais je prévoyais
ce qu'allait être ce repas de famille.

XIII

Fernand vint dîner comme il l'avait promis. Je pus voir que sa mère admirait son cheval, sa voiture et même son groom : c'est bien le moins qu'elle en ait pour son argent. Toutefois, elle se défie du groom, ultra-parisien, à cause des domestiques mâles et surtout femelles. Sa livrée et ses bottes à revers lui donnent une influence redoutable, soit en matière de gages pour les uns, soit en matière de sentiments pour les autres. Mon cocher, qui a soixante ans, le traite avec un respect comique, et les femmes de chambre s'habillent pour dîner quand il vient.

Après quelques minutes consacrées aux démonstrations affectueuses, Fernand s'acquitta du message d'amitié dont les Thévenin l'avaient chargé la veille.

— Grand dîner? demanda ma femme.

— Tout ce qu'il y a de plus petit. Quatre convives en tout : les maîtres de maison, moi et Cantagrel.

— Tiens! Il était invité à Saint-Cloud?

— Non; mais j'ai pris sur moi de l'y conduire.

— Tu le connais donc?

— Depuis hier matin; et j'en raffole. Les Thévenin aussi, d'ailleurs. Il nous a bien amusés avec ses histoires normandes. Cela repose de ce qu'on entend tous les jours. Charmant garçon; pas prétentieux pour un sou; le cœur sur la main; le louis facile. Je crains seulement qu'il ne devienne un Bonapartiste convaincu, grâce à la prédication de madame Thévenin. C'est le seul point sur lequel nous ne serions pas d'accord. Autrement nous sommes déjà une paire d'amis, et l'exemple que me donne ce travailleur doit le rendre sympathique à mon père.

Pendant cette tirade, les yeux de Victo-

rine avaient cherché le regard de son fils
pour lui faire le signal d'arrêt sur place.
Mais il ne s'en était pas aperçu et la collision
eut lieu,

— C'est ce qui te trompe, déclarai-je avec
une violence inattendue, tout au moins de
mon fils. Théodore Cantagrel m'est profondément antipathique. C'est un intrigant, qui
possède l'art de s'insinuer partout, et se croit
partout chez lui, même dans mes bureaux. Je
demande qu'on ne me force plus à entendre
chanter ses louanges.

— Diable! fit le panégyriste. Vous auriez
bien dû me prévenir, maman.

— Te prévenir de quoi? demandai-je,
énervé de plus en plus, prêt à m'oublier
au delà de toute mesure.

Il hésita une seconde, puis répondit en
baissant la voix, comme s'il eût parlé devant
un malade.

— Je ne pouvais imaginer qu'il me fût
interdit de penser tout haut dans la maison
de mon père. Maintenant je me tiendrai
pour averti. Changeons le sujet de la conversation.

De toute évidence, ma femme et mon fils
me jugeaient en train de devenir fou.

7.

Quant à Antoinette, j'eus le plaisir de voir
que ma sortie l'avait laissée indifférente. On
fit de son mieux pour causer, en évitant de
prononcer les noms de Théodore et de Thévenin. L'ordre régnait à Varsovie. Mais le
phaéton fut commandé de bonne heure.
J'entendis que Fernand disait à sa mère en
l'embrassant :

— A dimanche soir !

Tandis que je dînerai à Saint-Cloud avec
le docteur, les amis de Théodore vont pouvoir se rattraper aux Glycines.

Le lendemain, nouvelle *découverte* de
Théodore par Despréaux. Mon caissier avait
dû aller à la Banque de France pour y
prendre une assez grosse somme. A son
retour, je vis sur son visage épanoui qu'il
avait une histoire palpitante à me raconter.

— Qu'y a-t-il? demandai-je. Vous n'avez
pas été attaqué en route, j'aime à croire?

Vu son âge, Despréaux a l'ordre de
n'être jamais seul quand il circule chargé
d'un portefeuille considérable.

— J'étais sous bonne escorte, répondit-il.
J'avais prié monsieur Théodore de venir avec
moi, ce dont ses collègues prirent occasion
de l'effrayer par vingt histoires de garçons de

recettes assassinés en cours de route. Mais
il n'a pas froid aux yeux. Pour toute riposte,
il a tiré d'une poche assez drôlement placée
un revolver qui ne le quitte jamais, habitude empruntée aux clients américains qui
viennent chez son père. Ces gaillards-là,
nous expliqua-t-il, sortiraient plutôt sans
chemise que sans cette arme curieuse, avec
laquelle on peut tuer cinq hommes en cinq
secondes.

Mon admiration pour cette machine de
guerre n'égalant pas celle de Despréaux,
j'invitai celui-ci à prévenir l'émule des
Yankees que son revolver devait rester dans
sa chambre. Mon vieux caissier, dont je ne
peux plus me faire obéir, fut d'un avis
opposé au mien.

— Vous n'êtes pas ainsi que moi, objecta-
t-il, constamment exposé aux attaques des
malfaiteurs, sans autre défense qu'un mince
grillage. Savoir que monsieur Théodore,
bien armé, travaille dans la pièce voisine
sera pour moi un grand repos. M'enlever
cette protection vous rendrait responsable
des catastrophes qui pourraient survenir.

Il m'était difficile de paraître indifférent
à la conservation d'une existence écoulée à

mon service. Du moins je me vengeai par
un sarcasme d'ailleurs sans effet sur son épi-
derme peu sensible :

— Peut-être vous sentirez-vous encore plus
rassuré si « monsieur Théodore » est armé
d'une carabine !

Cet encombrant jeune homme continuait
à élargir son rôle. Ce n'était plus un
employé quelconque; c'était une garnison.
A vrai dire, elle ne me coûtait pas cher
d'équipement et de solde.

L'incident n'a rien de particulièrement
grave. Mais il survient après d'autres du
même genre qui m'ont mis les nerfs en
ébullition. Vainement j'essaye de reprendre
mon travail. Les chiffres flottent devant mes
yeux comme les files d'une section d'infan-
terie mal entraînée à l'alignement. Inutile de
me le dissimuler : *je baisse* — et je viens
d'avoir cinquante-deux ans! Que signifiaient
ces paroles de Fernand à sa mère : « Vous
auriez dû me prévenir? » Le prévenir que
je deviens fou? Assurément je suis neurasthénique et j'ai entendu dire à Thévenin :
« La neurasthénie et la folie sont séparées
l'une de l'autre par l'épaisseur d'une feuille
de papier. » Si c'était possible, je partirais

à l'instant pour Saint-Cloud, afin de voir le docteur, mon soutien, mon ami! Peut-être que cet homme sage pourrait une fois de plus me réconforter, me rendre l'espoir....

XIV

Quand nous fûmes assis en face l'un de
l'autre, le dimanche suivant, Thévenin ne
fut pas long à s'apercevoir que je mangeais
du bout des dents.

— Mon brave Lecerteux, dit-il, ça ne va
pas. Vous avez le teint terreux, l'œil injecté,
les mains trépidantes. Et, comme l'écrivait
La Fontaine,

> Je ne vous vois point occupé
> A chercher le soutien d'une mourante vie.
> Nul mets n'excite votre envie...

Êtes-vous malade ?
Je répondis que je souffrais, en effet, d'un

mal inconnu de la Faculté, qui se nomme
Cantagrélite.

— Bravo! s'écria-t-il. Vous avez inventé
quelque chose de neuf en matière de patho-
logie. C'est plus que je n'ai fait dans toute
ma carrière. Avec mes idées plus étroites
que les vôtres, j'aurais appelé votre mal :
neurasthénie, tout bêtement. Vous n'êtes
qu'au premier degré. Au second vous pas-
serez dans la catégorie des *hypocondriaques
persécutés-persécuteurs.*

— Faites-moi grâce de vos catégories;
mais guérissez-moi! il n'est que temps.

— Guérissez-moi! Vous êtes tous les
mêmes : vous voulez qu'on vous guérisse!
La médecine, mon bon ami, guérit assez
rarement. Elle ne guérit jamais certaines
affections; la neurasthénie est du nombre.
Avec les poitrinaires on peut au moins rai-
sonner; avec vous autres, c'est inutile.
Essayons cependant, et, surtout, soyez
sincère comme on doit l'être avec son
docteur. Votre cas se résume en ceci : vous
avez peur que Cantagrel ne devienne votre
gendre?.

Je protestai fièrement que je n'avais pas
peur, attendu que ma fille, dût le monde

crouler, ne se marierait pas sans mon auto-
risation,

— Eh bien alors?

— Eh bien, Cantagrel ne me fait pas précisément peur; mais il m'inquiète et me
trouble comme ferait un gnome disposant
d'un pouvoir occulte. Il me prend tout. Il
m'a pris mes employés par son champagne,
Victorine et Antoinette par sa musique, mon
fils par son argent, votre femme par je ne
sais quel enchantement surnaturel. Je suis
sûr qu'il vous a pris vous-même l'autre soir,
quand il a dîné ici, amené par cet animal de
Fernand, malgré moi. Jusqu'où ira cette
universelle dépossession de tous mes droits,
même de mes droits de propriétaire foncier?

Je racontai à Thévenin ma première rencontre avec ce cynique insolent, au pied de
ma terrasse. J'obtins un grand succès d'hila-
rité.

— Ne riez pas, lui criai-je. Vous verrez
qu'il finira par me prendre ma banque et
ma maison elle-même. Où irai-je finir mes
jours?

— Bon! fit le docteur. Vous avez établi
votre cas mieux que ne font d'ordinaire les
malades. Au moins voulez-vous admettre

que Théodore ne vous prendra pas mon
amitié?

— C'est tout ce qui me reste en ce monde!

— Exagération neurasthénique! Dans tous
les cas, c'est une première pierre sur laquelle
nous allons fonder l'édifice de votre gué-
rison. Écoutez-moi; et, d'abord, entendons-
nous bien sur un point : l'homme qui vous
parle se considère comme tenu au secret
professionnel à l'égard de tous, même à
l'égard de sa femme.

— Surtout à l'égard de sa femme, appuyai-
je. Pardonnez-moi si je tiens madame Thévenin pour un des chefs les plus redoutables
du clan ennemi.

— Première aberration. Vous ne voyez
pas que, loin de vous être nuisible, elle vous
offre le seul moyen de savoir ce qui se
passe dans le clan ennemi, pour employer
votre expression? Comment un homme de
votre intelligence a-t-il pu manœuvrer aussi
mal? J'ai des clients dans les affaires. Je
connais le premier soin qu'ils prennent si
une société se forme en vue d'une concur-
rence dangereuse. Ils achètent des actions,
afin qu'on ne puisse délibérer sans eux.
Vous, au contraire, fuyez votre maison et

ne savez rien de ce qui se passe aux Glycines.
Moi, je le sais par Félicie.

— Eh bien? questionnai-je, devenu curieux.

— Eh bien, précisément, il ne s'y passe
rien; au point que ma femme s'étonne de
voir l'indifférence de ces jeunes gens l'un pour
l'autre. Car enfin, dit-elle, Théodore n'est
pas de ceux que des yeux féminins dédai-
gnent d'apercevoir, et votre fille est charmante. Cependant ils causent ensemble
comme des personnes qui ont dépassé la
cinquantaine. Ceci est un premier rensei-
gnement qui doit vous intéresser, et même
vous soulager.

— Peut-être; mais voilà Fernand mêlé à
l'aventure. Soyez certain qu'il ouvrira les
yeux de sa sœur sur les mérites de son
incomparable ami.

— Vraiment, Casimir, vous me faites de
la peine! Faut-il vous rappeler des choses
que vous savez mieux que moi? Ne con-
naissez-vous pas les idées de Fernand sur
son avenir? Il a résolu de se marier dans la
noblesse. Vous pouvez hausser les épaules,
mais c'est ainsi et il y arrivera. Or, un des
obstacles les plus sérieux qui pourraient le

gêner dans ses aspirations, serait d'avoir
pour beau-frère le fils d'un fabricant de drap
d'Elbeuf. Y voyez-vous clair, maintenant?
S'il était jamais besoin de lutter contre un
entraînement d'Antoinette vers Théodore,
votre fils y déploierait autant d'énergie que
son père — sinon plus, ajouta-t-il en souriant.

Je fus tout ragaillardi par ce raisonnement
d'une vérité lumineuse. Jamais l'intelligence
supérieure de Thévenin ne m'avait frappé
aussi vivement, et je ne me privai pas de le
lui dire.

— Vous êtes aussi intelligent que moi,
affirma-t-il avec politesse ; mais, d'une part,
je ne suis pas neurasthénique, de l'autre, je
n'ai pas de fille à marier. Allons! Dites un
mot à ce pommard, que vous traitez mieux
d'habitude. *Nunc est bibendum*. Cependant,
il est de mon devoir de vous avertir qu'un
de nos maîtres a démontré, en séance de
l'Académie de médecine, que le vin rouge
est un poison — et des pires.

J'affrontai courageusement le pommard,
dont la vertu acheva de me transformer. Le
docteur s'en aperçut.

— Maintenant, dit-il, c'est bien taillé : il

faut coudre. Êtes-vous décidé à m'obéir ?

Je lui en fis le serment; il continua :

— Vous n'avez pu empêcher Théodore de dîner chez vous une fois par semaine...

— Faut-il répéter ma confession ? demandai-je humblement.

— Inutile. Votre femme tient une forte position : il s'agit de la tourner. Changez de tactique. Reprenez votre place de chef de famille. Que Théodore dîne chez vous, avec vous, en semaine, puisque le dimanche m'appartient — et je le garde, mon bon Casimir.

J'insinuai qu'il faudrait au moins trouver un prétexte honorable à ce changement de front subit.

— Réveillez-vous, belle endormie. Un excellent prétexte s'offre à vous. Si je ne me trompe, l'anniversaire de votre mariage revient dans quelques jours ?

— Le diable m'emporte ! criai-je. L'idée ne me serait pas venue. Je vous devine : madame Thévenin et vous êtes des nôtres, comme chaque année — et j'invite Théodore ?

— Enfin, nous y voilà ! Vous aurez l'œil sur vos jeunes gens, et vous vérifierez l'im-

pression de Félicie sur leur attitude. Je vous
y aiderai, cela va sans dire. Et je ferai quelque chose de plus, si vous êtes bien sage.

Il refusa d'abord de s'ouvrir sur ses inten-
tions, par crainte d'une maladresse de ma
part. Enfin, il céda à mes instances.

— Casimir, prononça-t-il, vous ne voulez
pas de Théodore pour gendre. Faites attention que ce n'est pas moi qui vous en
détourne. Mais vous êtes le maître.

— On croirait entendre ma femme, rappe-
lai-je avec amertume.

Il continua, sans relever l'interruption :

— Or, quel est le plus sûr moyen de vous
débarrasser de Théodore?

— Le tuer, affirmai-je. C'est cela que vous
voulez faire?

— Je ne pourrais m'en charger sans risquer
ma peau que s'il était malade. Par malheur,
il jouit d'une santé superbe. Mais nous avons
un second moyen aussi sûr. C'est de trouver
un autre mari à Antoinette.

— Cher homme! Allez-vous m'en proposer un?

— Laissez-moi le temps, que diantre! Un
médecin, quand il veut s'en donner la peine,
met facilement le nez sur quelque piste

matrimoniale. Tâchez de dormir en paix et ne soyez pas trop pressé, puisqu'il semble que rien ne presse. « Mais voici Josabeth », comme dit Mathan à l'odieux Nabal.

Nous allâmes recevoir Josabeth, c'est-à-dire madame Thévenin, qui descendait de ma voiture. Elle ouvrit de grands yeux quand je lui demandai, de l'air le plus naturel du monde, si le concert avait bien marché.

— Très bien, répondit-elle. Mais je crois que Fernand l'a trouvé un peu long. Il n'est guère plus musicien que son père. De bonne heure il est parti, alléguant qu'il doit se lever matin pour un déplacement de chasse.

— Il n'a pas emmené Théodore?

— Pas plus qu'il ne l'avait amené, à cause de la contrebasse. Il se jetterait à l'eau pour son ami. Mais circuler avec ce colis ridicule dans son équipage... Le dévouement a des bornes. Nous connaissons le brave Fernand.

La conversation se prolongea, indifférente, pendant quelques minutes. Je conclus en invitant les Thévenin à la célébration de notre anniversaire conjugal.

— Nous aurons seulement Fernand qui n'y manque jamais. Et, bien entendu, Théodoré Cantagrel, — mais sans contrebasse, ajoutai-je d'un air plaisant.

Je crus que madame Thévenin allait tomber de son haut. Elle accepta toutefois et je pris congé. Son mari me reconduisit à ma voiture.

— Bravo! fit-il tout bas. Le grand poète tragique semble avoir écrit pour vous ce vers :

J'embrasse Théodore; mais c'est pour l'étouffer.

Les citations du docteur croissent en nombre, je l'ai toujours remarqué, à proportion de sa bonne humeur.

XV

Arrivé aux Glycines dans ces dispositions
nouvelles, j'entrai au salon arborant mon
sourire des jours où tout va bien. Antoinétte
et sa mère, plongées dans une conversation
intéressante, ne s'aperçurent pas tout d'abord
de l'heureux changement de ma physionomie. Je m'assis, contai ma soirée, le menu
de Thévenin, et une faible partie de mon
entretien avec lui. J'ajoutai que j'avais rap-
pelé à nos amis l'anniversaire du 20 octobre,
et que nous pouvions compter sur eux.

La communication, sous cette forme
succincte, n'avait rien d'imprévu. La présence du docteur ét de sa femme au festin

commémoratif est inscrite dans le rituel, ni
plus ni moins que l'offrande du pain bénit
à la messe du dimanche. Mais je tenais en
réserve un pétard dont je me préparais à
savourer l'explosion!

— Ne penses-tu pas, demandai-je à Victorine, de l'air le plus naturel du monde,
qu'il serait convenable d'inviter aussi Théodore Cantagrel?

Je crus voir que le choc était considérable; mais j'avais affaire à une personne
toujours maîtresse d'elle-même. Elle jeta
sur moi un regard d'une vivacité singulière,
qui cherchait le fond de ma pensée.

— C'est une bonne idée, répondit-elle
simplement.

De mon côté, avec la même attention, je
scrutais chacun des muscles du visage
d'Antoinette, qui ne parut même pas
m'entendre. Elle était occupée à faire la toilette de nuit de Mouton, c'est-à-dire à
enlever le ruban qui, pendant le jour, décore
son toupet frisé. Madame Thévenin avait
raison : ce jeune cœur ne battait pas plus
vite au nom de Théodore.

Je dormis bien cette nuit-là.

En descendant à la gare, je m'avisai d'une

8

autre invitation ou — pourquoi ne pas le dire? — d'une réparation ayant pour but de répondre au sentiment inné de justice qui existe en moi. Dans ma rupture avec Vaugrenier, la plus grande partie des torts lui étaient imputables. Mais enfin pouvais-je me jurer à moi-même que j'étais sans reproche? Il était manifestement résolu à ne pas faire le premier pas vers une réconciliation. En prendre l'initiative me donnait un rôle que je ne veux pas appeler magnanime — le mot serait bien gros — mais qu'on jugera sans doute estimable. Quand j'ai décidé de faire une chose, on a pu voir que je n'hésite pas.

Mon ancien ami était déjà installé dans son compartiment. J'y montai et m'installai à côté de lui, ce qui parut d'abord le surprendre. Dépouillant toute rancune, je lui tendis une main qu'il serra, je dois le dire, avec un plaisir évident. Désireux d'éviter la grande scène du raccommodement, je lui demandai, comme si de rien n'était :

— Vous n'avez pas oublié, j'espère, une date mémorable dans mon existence : le 20 octobre?

— Non; ma mémoire est encore bonne, répondit-il paisiblement.

— Alors je compte sur vous ce soir-là pour boire à la santé du vieux ménage?

— Manquer à cette douce habitude aurait été un vrai chagrin pour moi.

Une nouvelle poignée de mains accompagna son acceptation.

— Vous n'êtes donc plus de mauvaise humeur? questionna-t-il à son tour.

— Si vous aviez une fille, répondis-je, vous n'aimeriez pas qu'on la mariât sans votre permission.

— Je ne pouvais pas m'attendre, dit-il en manière d'excuse, à voir une simple plaisanterie vous mettre dans cet état violent. Je trouvais un beau jeune homme dînant chez vous en famille, dans un certain parfum de mystère. L'allusion qui vous a ému était naturelle autant qu'innocente, de la part d'un vieux camarade.

— N'en parlons plus, et laissez-moi vous prévenir, afin de supprimer tout mystère, que « le beau jeune homme » dînera avec nous. Et, pour calmer votre imagination inventive, sachez que ce n'est pas mon futur gendre que vous rencontrerez aux Glycines: J'ai quelqu'un en vue pour Antoinette, — et ce n'est pas Théodore Cantagrel.

On dira que je déployais un peu vite la peau d'un ours qui, non seulement courait encore, mais se dissimulait, inconnu, dans les retraites forestières. Qu'on me pardonne si j'escomptais l'engagement pris par Thévenin. L'escompte est mon métier de chaque jour.

— Soyez tranquille, conclut Vaugrenier : chat échaudé craint l'eau froide.

Il me restait à lancer une dernière invitation, et je riais d'avance, à part moi, de la tête qu'allait faire « le beau jeune homme ». Je comptais, au surplus, étudier, suivant le conseil donné par Thévenin, le moindre tressaillement de ses paupières. L'épreuve était presque décisive pour lui. Ses yeux allaient-ils briller de joie à la perspective de cette rencontre inattendue avec Antoinette? En ce cas, c'était la reprise immédiate des hostilités rue Laffitte, jusqu'au jour où il devrait se replier sur Elbeuf. Si, au contraire, il manifestait l'indifférence constatée par madame Thévenin, je cessais de m'occuper de lui, et tournais toute mon attention vers le gendre promis par le docteur.

Je fis le tour de mes bureaux, et pus voir

que chacun remarquait ma bonne humeur,
moins qu'ordinaire depuis quelque temps.
Arrivé à Théodore, je le priai de me suivre
dans mon cabinet.

— Nous allons, dis-je à brûle-pourpoint,
célébrer bientôt l'anniversaire de mon
mariage. Vous me ferez plaisir en dînant
aux Glycines ce jour-là.

Le résultat de l'épreuve dépassa mon
attente. Si je l'avais informé que son
pupitre allait passer de gauche à droite du
calorifère, il ne fût pas resté plus calme.
Avec un salut respectueux il me fit cette
réponse, dont la correction froide n'était pas
de nature à me causer des alarmes :

—J'accepte avec reconnaissance, monsieur
le Directeur. Vous m'honorez beaucoup.

Et cependant je fus vexé au fond. Une
fois de plus Théodore venait de me couper
l'effet d'un rôle écrit dans ma tête. Il attendait, le petit doigt à la couture du pantalon,
comme un soldat devant son chef, et je ne
trouvais pas une parole à dire.

— C'est très bien, articulai-je enfin. Vous
pouvez vous retirer.

Il fit demi-tour, et je ne le revis plus de la
journée.

8.

Le dimanche suivant, je rapportai à Thévenin la très courte scène que je viens de décrire, et l'impression qu'elle m'avait produite. Il commença par m'infliger un blâme

— Vraiment, dit-il, vous n'êtes pas commode à satisfaire. Si ce malheureux s'était jeté à votre cou, ivre de joie, auriez-vous été plus content? Au lieu de cela vous devez reconnaître que Félicie a raison. Théodore ne pense pas plus à votre fille qu'à celle du Grand Turc. Allons! Soyez plus logique et suivons notre programme, qui est le bon, croyez-moi.

Je répondis que ce programme consistait principalement à trouver un gendre de mon goût. Il m'en avait promis un. Était-il sur quelque bonne piste?

— Vous êtes insupportable avec votre impatience, fit-il. Dois-je m'adresser au bureau de placement ou mettre une annonce dans le journal? Vous m'avez chargé de la mission la plus délicate qui puisse être confiée à un ami. Que diable! donnez-moi le temps de l a remplir. Quand je vous présenterai un candidat — et je continue à vous le promettre — il sera digne, tout au moins,

d'un examen sérieux de votre part. Si vous
avez un agent plus sûr à votre disposition
je passe la main avec empressement.

Je le conjurai de tenir compte d'un état
maladif, amélioré déjà, mais pas guéri
encore. Pour me calmer — ce n'était peut-être
pas un excellent moyen — il sourit dans sa
barbe et conclut par ces mots gros de mystère :

— Patience! encore une fois. Il n'est pas
impossible que j'aie quelque chose d'inté-
ressant à vous communiquer dans une
semaine.

J'aurais voulu en savoir davantage; mais
il fut inébranlable et changea de conversation. Bientôt madame Thévenin arriva,
retour des Glycines, et, comme le dimanche
précédent, j'essayai d'en tirer quelque chose.

— Concert très réussi, dit-elle, précédé
d'un dîner fort gai. Antoinette, seule, n'était
pas en train : nos bavardages paraissaient
l'ennuyer. Théodore, au contraire, s'amusait
énormément à blaguer Costenoble, qu'il
accuse d'avoir voulu assassiner l'empereur
d'Autriche. Le brave homme prenait fort
bien la chose, car il a pour « son élève » une
adoration qui m'a surpris d'abord, mais que

Victorine m'a expliquée en confidence. Théodore, sous prétexte que l'Italien, pauvre ainsi que Job, lui donne de bons conseils, fait semblant de se considérer, en effet, comme son élève. Après chacune de nos séances, il lui glisse dans la main un cachet supplémentaire. Il croit n'être pas vu; mais les femmes ont de bons yeux. Cette charité discrète n'est-elle pas l'indice d'un cœur élevé?

Je ne pus m'empêcher de répondre que je voyais la chose autrement, et qu'en somme Théodore nous donnait une leçon.

— Comment Victorine peut-elle l'accepter? continuai-je. Elle n'aperçoit donc pas que ce jeune Mécène, avec son cachet supplémentaire, blâme l'insuffisance du nôtre et fait ressortir notre ladrerie.

Madame Thévenin haussa les épaules et exprima l'opinion qu'on ne savait par quel bout me prendre.

— Que vous a fait ce pauvre garçon? demanda-t-elle. Si vous ne l'aimez pas, n'en dégoûtez pas les autres.

Puis, sans attendre ma réponse :

— Il a une grande fortune, n'est-ce pas?

— J'ignore ce que vous entendez par une

grande fortune. Évidemment il ne sera pas
pauvre si l'industrie de son père continue à
prospérer. Je ne saurais articuler un chiffre,
n'ayant jamais interrogé le père Cantagrel.
La question ne m'intéresse pas.

— C'est dit et répété. Mais vous permet-
trez peut-être qu'elle en intéresse d'autres.

Elle continua, se tournant vers son mari :

— Tout à l'heure une idée m'est venue
dans la voiture. Que dirais-tu si nous pouvions rendre service à une dame d'honneur
que nous connaissons?

— Laquelle? Nous en connaissons tant,
demanda Thévenin, pour faire plaisir à sa
femme.

— Celle dont le mari fut tué au Mexique.
Elle a une fille qui n'a guère que sa beauté
pour dot. Je m'arrangerai pour que Théodore
la rencontre chez nous. Qui sait?... Il ne
prend pas feu facilement. Mais la jeune personne est délicieuse sous tous les rapports.

— Tout le monde ne peut pas avoir une fille
« délicieuse sous tous les rapports », fis-je
observer avec un peu d'aigreur.

— Quel homme! Le voilà furieux contré
Théodore parce qu'il n'est pas amoureux
fou d'Antoinette!

Le docteur saisit l'occasion de nous citer Molière :

A ses brusques chagrins je ne puis rien comprendre,

déclama-t-il en soupirant.

— Je n'essaye pas de le comprendre, conclut Félicie. Toutefois, il me permettra d'agir selon mes faibles lumières.

Nous nous quittâmes bons amis malgré tout, car j'éprouve une sincère affection pour notre excellente voisine. Le docteur me dit en fermant la portière :

— Ce serait drôle si nous faisions coup double : ma femme sur Théodore, moi sur votre fille.

— *Amen,* répondis-je.

Et ma voiture m'emporta vers Suresnes.

XVI

S'il faut parler en toute franchise — et
l'on a dû reconnaître l'existence de cette
habitude chez moi — je n'aime pas les anni-
versaires. Ce sont des visiteurs presque toujours désagréables, parfois indiscrets, qu'il
faut recevoir bon gré mal gré, sans pouvoir
leur faire répondre par le valet de chambre :
« Monsieur est sorti. » Peu importe si l'on
a autre chose à faire ce jour-là. On est obligé
de les accueillir, de causer avec eux, d'entendre les vérités un peu dures qu'ils vous
disent assez souvent, de feindre la joie à leur
apparition en plus d'une occasion.

Je mets des gants noirs pour assister au

service commémoratif du mort ou de la
morte. S'ils pouvaient parler, quelques-uns
me demanderaient en ricanant sous la froide
pierre : « Avez-vous pensé à moi fréquemment depuis l'an dernier à la même date? »

S'agit-il de fêter ma naissance? Le visi-
teur va me présenter ce qui reste du gâteau
de ma vie, dont j'ai certainement croqué les
deux tiers, beaucoup plus pe 't-3tre : on
n'a pas la permission d'espacer à sa convenance les dernières bouchées.

Il en est de même pour le trentième
anniversaire d'un mariage, même heureux,
comme fut, en somme, le mien. Verrons-
nous les noces d'or? Il faudra bien qu'un
de nous deux parte le premier : sera-ce *elle*
ou moi?...

Les anciennes habitudes patriarcales con-
tinuent à s'observer dans ma banque, probablement l'une des dernières à rester aussi
vieux jeu. Mon personnel, peu nombreux,
a congé pour l'après-midi du vingt octobre,
sauf Despréaux, dont la caisse doit rester
ouverte, et le garçon de bureau, dont la présence n'est pas moins nécessaire.

Quant à moi, je retourne déjeuner à
Suresnes, où ma présence, inusitée à cette

heure, constitue le premier numéro du programme de la journée. L'après-midi, pour
continuer à être sincère, paraît un peu lon-
guette à un homme ignorant l'art d'être
oisif. Quelques Suresnois bien intentionnés
coupent les heures en nous apportant leurs
félicitations. Bientôt le moment arrive de
descendre à la cave pour la plus grande
satisfaction de mes convives, assurée d'autre
part grâce au talent de la cuisinière. Enfin,
la famille revêt ses plus beaux atours, et la
fête commence.

Les Thévenin parurent les premiers, sur-
chargés de cadeaux et débordant de souhaits.
Mon ami le docteur, sachant qu'il allait me
causer le plus grand plaisir que je pusse
éprouver, m'attira dans un coin et mur-
mura ces mots, bienvenus à coup sûr :

— Je crois être sur une piste.

Voyant que j'allais lui sauter au cou pour
une accolade plus chaude que la première,
il m'arrêta de la voix et du geste :

— Allons, Casimir, contenez-vous. La
piste est encore légère : tout juste ce qu'il
faut pour que le limier tire sur le trait du
piqueux faisant le bois, comme dirait Fernand, l'habile veneur. Enfin, il y a quelque

9

chose. Que cela vous suffise pour aujour-
d'hui : on nous observe; pas une syllabe de
plus. « A chaque jour suffit son bien. »

Je m'éloignai de lui, tout disposé, selon
son conseil, à me contenter du « bien »
qu'il m'apportait. Une piste, si légère qu'elle
fût, m'ouvrait déjà d'heureux horizons. Ainsi,
quelque part un homme existait, petit ou
grand, blond ou brun peu importe, qui
allait peut-être empêcher Théodore d'être
mon gendre, et cela par le moyen le plus
sûr : en le devenant lui-même! Inoffensif et
désarmé pour l'avenir, mon employé ces-
sait de m'être antipathique. Par une phrase
que j'arrangeai d'avance dans ma tête, je me
préparai à le lui faire sentir quand il paraî-
trait, amené dans l'équipage de son ami Fernand, ainsi qu'il était convenu. Néanmoins
je n'avais garde de m'endormir dans une
imprudente sécurité, et je comptais continuer
ma surveillance au moment de son entrée.

Madame Thévenin s'aperçut de l'éclaircis-
sement de ma physionomie.

— Vous rajeunissez, me dit-elle. Est-ce
afin de nous faire croire que les anniver-
saires marchent en arrière pour vous, alors
qu'ils avancent trop vite pour les autres?

— Je suis l'exemple qui m'est donné, répondis-je galamment, les yeux tournés vers ma femme.

De fait, on aurait donné difficilement son âge à cette mère d'une fille qui touchait à ses vingt ans. Elle avait l'heureux privilège accordé aux blondes, de rester blondes assez longtemps après l'apparition des premiers fils d'argent. Nul, je pense, n'a jamais dit qu'elle était jolie; mais on ne pouvait la voir sans être frappé de l'expression intelligente et raffinée de ses traits. Son teint mat, qui aurait mieux convenu à des cheveux noirs, ne s'animait d'une teinte rose que sous l'empire d'une vive contrariété, rarement manifestée par des paroles. Ses yeux gris étaient d'une artiste. Selon Vaugrenier, l'observateur subtil, son regard était celui du bon peintre qui cherche l'âme sous les traits du modèle, avant de saisir ses pinceaux, Toujours d'après lui, le bas du visage aurait pu appartenir à une autre personne, positive, volontaire et en même temps diplomate, mais parfaitement honnête, marchant au but avec obstination et persévérance. Je suis payé pour donner raison au jugement de ce maître physionomiste.

Il est banal de dire qu'une jeune fille est
tout le portrait de sa mère. Toutefois, j'estime
qu'on ne pouvait voir Antoinette à côté de
ma femme sans être frappé d'une ressemblance qui n'avait cessé de croître avec les
années. Tendrement unies, fières l'une de
l'autre, elles s'arrangeaient pour augmenter
encore cette analogie par leurs toilettes, facile
entreprise parce que Victorine a conservé sa
taille. Ce soir-là elles portaient des robes
de la même coupe, encore influencée par
l'absurde crinoline qui avait déshonoré la
mode quelques années plus tôt. Cependant,
de la cloche à melons, nos élégantes pas-
saient à l'entonnoir renversé, progrès sensible, et l'on commençait à pouvoir circuler
dans un salon.

Le mien, d'ailleurs, ne risquait pas d'être
plein, notre intime réunion ne devant pas
dépasser huit personnes.

Vaugrenier parut à son tour et, me par-
courant des yeux :

— Casimir, fit-il, toutes mes félicitations
pour cet inoubliable anniversaire, et pour
votre mine joyeuse, en harmonie avec ce
beau jour. *Ad multos annos!*

L'équipage de mon fils pénétra dans la

cour cinq minutes après l'heure fixée. Il n'amenait pas le compagnon promis.

— Qu'on me pardonne ce retard, demanda-t-il. Ce n'est pas moi qu'il faut blâmer : c'est Théodore que j'ai attendu en vain. Le misérable! A cause de lui, ma jument est tout en nage. On dirait qu'elle sort de la Seine.

— Pauvre bête! soupira Antoinette.

Je marquai un bon point à ce soupir peu romanesque; mais madame Thévenin jeta un regard sévère sur la jeune protectrice des animaux.

— J'avoue, dit-elle, que Théodore m'intéresse davantage. Qu'est-ce qui lui est arrivé?

— Je pensais le trouver ici, venu de son côté par le train à la suite d'un malentendu, répondit Fernand. Ou peut-être qu'on a dû stopper en route : je cours à la gare pour m'informer.

Il revint au bout de cinq minutes; le train avait passé à l'heure voulue; il ne restait plus qu'à se mettre à table.

N'empêche que Théodore, une fois de plus, m'avait coupé l'herbe sous le pied. La phrase bienveillante que je tenais en réserve

à son intention me restait pour compte.
.Mais ma femme exprimait des craintes sur
le sort de son roastbeef; Fernand rageait
d'avoir essoufflé sa jument. Théodore, à leurs
yeux, n'était plus l'être impeccable, et cette
pensée me fit du bien.

Alors, en face de cette place vide, ressem-
blant à une fenêtre ouverte sur l'inconnu,
les hypothèses allèrent leur train. J'eus
l'imprudence d'émettre la supposition que
l'absent avait fait une rencontre agréable
et laissé passer l'heure; à quoi Victorine
répondit par un regard dont je compris la
signification. Hélas! j'avais perdu le droit
de blâmer les gens qui s'attardent en aimable
compagnie.

— Peut-être, suggéra le docteur évo-
luant sur son terrain, Cantagrel père a été
frappé d'apoplexie, et son fils n'a eu que le
temps de sauter dans le train d'Elbeuf.

Vaugrenier considéra comme plus pro-
bable qu'on avait attiré Théodore dans un
guet-apens, afin de lui voler sa montre et sa
bourse. Alors, pour rassurer tout le monde,
je racontai l'histoire du revolver qui ne le
quittait ni jour ni nuit. Là-dessus je demandai
sèchement qu'on parlât d'autre chose.

Mes convives obéirent; mais la conversation en souffrit sérieusement. Pas une fois le nom de Théodore ne fut prononcé, ce qui me procurait la conviction irritante qu'on ne pensait qu'à lui, et qu'on avait peur de moi. Cela revenait à imaginer que j'avais peur de lui.

Peut-être, en effet, l'avais-je craint pendant la période de ces semaines que j'ai loyalement décrites : nous n'en étions plus là. Thévenin m'avait montré la mise prochaine hors de cause de l'ennemi. Théodore, avant peu spectateur désarmé des fiançailles de ma fille à un autre, n'était plus qu'un jeune homme quelconque, recommandable sous bien des rapports, digne de l'estime sinon de la faveur exagérée que lui témoignait mon entourage.

Rien ne m'empêchait plus, après réflexion, de lever la consigne qui le désignait comme *tabou*. Il me parut plus sage de ne pas précipiter un revirement qui pouvait trahir les menées ténébreuses du docteur et les miennes. Prenant un moyen terme, je profitai du silence qui régnait trop souvent autour de ma table ce soir-là pour proposer ce toast :

— Messieurs et mesdames, nous allons

boire, si vous le voulez bien, à la santé de l'absent qui, espérons-le, nous dira demain qu'il ne lui est rien survenu de fâcheux.

Je pus me vanter, cette fois, d'avoir « épaté mon monde ». Les trois femmes présentes s'interrogèrent du regard. Vaugrenier but avec précaution. Sans doute il craignait le retour de « mes brusques chagrins ». Mon complice de Saint-Cloud évita de tourner les yeux vers moi, mais il ne put s'empêcher de rire dans sa barbe. Fernand, moins diplomate, répondit à mon toast en se faisant l'interprète de nos regrets collectifs, sans dissimuler ses vives inquiétudes personnelles.

— Car, dit-il, une circonstance grave, sinon un malheur, a pu seule empêcher mon excellent ami d'être exact au rendez-vous de ce soir. Mais je vais rentrer à Paris tout à l'heure, et passerai la nuit, s'il le faut, à courir les postes de police pour découvrir ce qu'il est devenu.

Ces paroles, dans la bouche d'un homme peu porté au pessimisme, jetèrent une note assez sombre sur les convives, sur moi tout le premier. On sait combien je suis impressionnable. Déjà je me voyais écrivant la terrible lettre au malheureux père qui m'avait confié son enfant. Et quelles démarches lugubres à accomplir!...

Mon dîner d'anniversaire, grâce à Théodore mort ou vif, était un pitoyable fiasco. Thévenin, toujours maître de son sang-froid, essaya de nous ramener à l'ordre du jour en improvisant (?) ce quatrain qui fut applaudi, je dois le dire, avec plus de politesse que de conviction :

> Ami, faut-il t'envier ou te plaindre?
> Si les gendarmes des lois défenseurs
> Entraient chez toi, ne devrais-tu pas craindre
> D'être arrêté comme étant l'époux des deux sœurs?

Vaugrenier enchérit sur le madrigal en demandant comment feraient les juges pour déterminer l'état civil véritable de deux femmes.

— Il faudrait un expert, dit Thévenin, et je serais tout désigné.

On voit que la conversation devenait légère et que le fantôme de Théodore ne hantait plus autant la réunion. Le fantôme reparut de nouveau lorsqu'on entendit mon fils envoyer à son groom l'ordre d'atteler sans attendre davantage. Il y eut autour de

9.

la table un murmure d'approbation; mais qui pensait à notre anniversaire?

Nous venions de quitter la salle à manger. Antoinette versait le café dans les tasses quand Théodore parut, frais et souriant, quoiqu'un peu négligé dans sa mise qui tranchait sur nos élégances. Il débuta par complimenter Victorine en lui offrant une splendide gerbe de roses. Fernand, connaisseur en la matière, me dit à l'oreille :

— Deux louis, rue Royale.

Une même question sortit alors de toutes les bouches :

— Pour l'amour du Ciel, d'où sortez-vous?

— De prison, fut sa réponse très calme.

En voilà un qui ne rate pas ses effets! Nouvelle explosion unanime de curiosité :

— Mais pourquoi vous a-t-on arrêté?

— Parce que j'ai voulu assassiner l'Impératrice.

Madame Thévenin poussa un cri d'horreur. Le reste des assistants fut rassuré par l'air plutôt amusé du régicide, qui nous raconta son histoire, dont je résume les péripéties :

Flânant sur la place de la Concorde, il avait eu enfin cette chance désirée depuis

longtemps : la daumont de l'Impératrice
quittant les Tuileries allait passer devant
lui. Avec une ardeur imprudente, cet enthousiaste avait bousculé les rangs de la foule et
était parvenu presque sous les piéds des
chevaux de l'escorte.

— Ah! demanda Félicie, enthousiaste elle-
même, au moins avez-vous bien vu Sa
Majesté?

Il n'avait aperçu, d'après son dire, qu'une
dame raide comme un piquet, sans aucune
ressemblance avec les portraits de la belle
souveraine exposés dans toutes les vitrines
du Boulevard :

— C'était la lectrice : vous vous trouviez
du mauvais côté, expliqua madame Thévenin pour dissiper toute équivoque. Mais
pardonnez-moi de vous avoir interrompu.

Ce premier désappointement devait recevoir une suite encore plus fâcheuse. Théodore sentit un bras vigoureux de mouchard
se glisser sous chacun des siens. Trois minutes plus tard, il arrivait, escorté par une
foule de badauds, au poste de police le plus
voisin. Interrogé par le commissaire, il
croyait avoir établi son innocence; mais on
le fouilla, et la découverte de l'inséparable

revolver, confisqué aussitôt, rendit son affaire mauvaise. L'intention de tuer l'Impératrice, ni plus ni moins, était manifeste.

Je ne pus m'empêcher de lui dire :

— Si vous m'aviez écouté quand je vous priais de vous débarrasser de votre arme, tout cela ne serait pas arrivé.

Vainement il avait objecté qu'un assassin ne laisse pas son pistolet dans sa poche de derrière, au cran d'arrêt. On l'avait enfermé avec de hideux pochards, en attendant le passage de la voiture cellulaire. C'est alors que, sans perdre la tête, il avait demandé et obtenu la permission de faire prévenir Despréaux, connu dans le quartier autant que j'y suis connu moi-même. Le vieux caissier s'était tordu de rire en apprenant que son paisible et dévoué collaborateur était considéré comme un émule d'Orsini. La présomption d'attentat politique avait disparu ; toutefois on avait dressé procès-verbal pour port d'arme prohibée, après quoi l'on avait relâché Théodore.

Mais cette procédure avait pris du temps. Il n'était plus question pour lui de dîner aux Glycines. Du moins, il tenait à ne pas prolonger nos inquiétudes. Sans prendre le temps de s'habiller, il avait couru à la gare.

— Vous avez trouvé le temps de m'acheter des fleurs, dit ma femme en lui serrant la main avec émotion.

Toujours fidèle aux devoirs de l'hospitalité, je fis un signe à Antoinette pour lui rappeler ses devoirs en lui montrant le plateau des tasses. Avec un à-propos supérieur au mien, elle émit cette observation judicieuse :

— Du café? C'est très bien. Mais peut-être qu'il aimerait d'abord quelque chose de plus solide.

Sur quoi Thévenin cita ce vers qui condamnait notre égoïsme :

Quand Auguste avait bu, la Pologne était ivre.

— J'avoue qu'on ne m'a pas nourri chez le commissaire, confessa sans rancune le héros du jour. Mais je ne voudrais pas vous déranger.

On l'entraîna vers la table où ces dames lui servirent d'abondants reliefs. C'était plaisir de le voir dévorer à belles dents, sans rien dire, jugeant qu'il avait assez parlé ce soir-là.

Ainsi s'acheva la fête de notre anniversaire, auquel personne ne songeait plus. Les Thévenin partirent les premiers. Fernand les suivit de près, emmenant son ami. Vaugrenier prit sa canne et disparut à son tour, plongé en des réflexions mystérieuses.

Entre ma femme et ma fille je restai seul, mécontent, je n'aurais pu dire de quoi. En m'examinant, je suis porté à croire que j'étais jaloux de Théodore. Certes, je ne pouvais rien lui reprocher. Mais, pendant cette soirée, on s'était occupé de lui beaucoup plus que du vieux ménage dont cette réunion devait évoquer les heureux souvenirs.

Néanmoins, avec le sentiment de justice que je m'applique à observer, je résolus de maintenir envers ce jeune homme une attitude nettement bienveillante, surtout si « la piste » signalée par Thévenin devenait sérieuse.

J'espérais l'apprendre bientôt.

XVII

Je viens d'écrire sur une enveloppe —
détruite aussitôt, car c'est vraiment trop
bête — l'adresse suivante qui fait bien dans
le paysage :

> *Madame la comtesse de Saint-Aigulin*
> *née Lecerteux*
> *Château de....*.

Le nom du château reste en blanc jusqu'à
nouvel ordre. Mais on peut compter sur moi
pour qu'il ne dresse pas ses tourelles loin
des Glycines. Même, si l'on veut, ce sera le
Château des Glycines, qui ne sera pas indigne
de cette appellation, pour peu qu'un bon

architecte le *désembourgeoisé* convenable-
ment.

On a compris, je suppose.

Je vis dans le rêve, depuis mon dîner
d'hier soir avec Thévenin, providence, pour
citer ses paroles, des mères en mal d'enfant
et des beaux-pères en mal de gendre. Il
m'en a trouvé un : bien plus, il l'a vu et lui
a parlé. J'ai tant de choses à dire que je ne
sais par où m'y prendre. Commençons par
un peu de biographie : il me semble que je
ne réussis pas mal dans ce genre. Cette fois
il s'agit de la Grande Histoire de France, où
je me sens déjà un peu chez moi. En réalité
j'écris sous la dictée de Thévenin, ce qui
m'évite l'ennui des recherches, et la respon-
sabilité des erreurs. Je n'entends pas mériter
les reproches d'inexactitude que j'entends
faire à Alexandre Dumas.

Un certain comte de Saint-Aigulin.
gentilhomme huguenot, s'était distingué au
siège de La Rochelle en combattant les
troupes de Richelieu. Ruiné par la guerre,
et, j'aime à le croire, éclairé par la grâce d'en
haut, l'ancêtre de mon futur gendre s'était
converti et avait pris du service dans les
armées du vainqueur, le roi Louis XIII.

Je fus choqué de ce manque de fidélité à
ses convictions chez un gentilhomme, et ne
m'en cachai point à Thévenin, qui prit la
défense du rallié.

— Voyons! fit-il, n'allez pas retomber
dans votre manie d'inventer des griefs non
seulement contre les vivants, mais contre
ceux qui reposent en paix depuis deux cents
ans. Faut-il vous rappeler que l'illustre
maire Jean Guiton, chef des révoltés, accepta
fort bien d'être nommé capitaine de vais-
seau par Richelieu? Qu'avez-vous à dire
contre son compagnon, s'il a suivi son
exemple?

Je n'insistai pas, et le docteur reprit son
exposé.

Voilà donc Saint-Aigulin sous le drapeau
royal. Envoyé dans les Flandres, il fait la
conquête, quelque part en Picardie, d'une
héritière comparativement riche, qui lui
apporte un petit domaine, plus un château
habité à l'heure présente par son plusieurs
fois arrière-petit-fils, le comte François, seul
rejeton de sa famille. C'est un homme de
trente ans, qui n'a jamais quitté sa mère
veuve et infirme. D'ailleurs, il est très occupé
par l'exploitation de sa terre qu'il dirige lui-

même, cultivant avec succès la betterave, richesse du Nord, d'où il tire un bon revenu.

Mais sa mère est morte l'an dernier; la solitude lui pèse; le moment est venu de chercher femme.

J'arrêtai le docteur, déclarant que je ne laisserais jamais ma fille aller faire du sucre à cinquante lieues de chez'moi.

— Par grâce, dit-il, ne m'interrompez pas toujours. Notre jeune homme, fatigué de son faire-valoir, est tout disposé à vendre château et domaine pour s'établir plus ou moins près de ses beaux-parents, selon les goûts de chacun. Ce sera un deuil public dans son village où tout le monde l'adore, car il y fait beaucoup de bien. Son curé chante ses louanges. Vous voyez que je me suis renseigné sérieusement avant de vous parler de « ma piste ».

Je désirai savoir par qui Thévenin avait connu l'existence de cet oiseau rare, caché au fond de sa province.

— C'est, me répondit-il, par sa tante, la marquise de Cornimont, qui fut une de mes premières clientes de marque, alors que, veuve depuis peu, elle habitait un pavillon

près de Louveciennes. Atteinte par l'âge et
les infirmités, elle a émigré dans les parages
de Saint-Thomas-d'Aquin, se trouvant trop
abandonnée au fond des bois. Malgré ce
déplacement elle m'a conservé sa confiance.
Elle ne sort plus, mais reçoit beaucoup de
visites, bien que sa redoutable franchise la
rende un sujet de terreur pour ses amis.
Quant à ses ennemis, s'ils vivent encore,
c'est que la langue la plus acérée ne tue pas.
Son neveu lui rend ses devoirs de temps à
autre, ne faisant qu'une simple apparition,
car elle dîne à six heures et se couche à
huit. D'ailleurs il déteste Paris, où il se
trouve comme un poisson hors de l'eau.
J'imagine, au surplus, que sa tante l'attire
moins qu'elle ne l'effraye.

— Alors pourquoi s'intéresse-t-elle à son
mariage?

— Parce qu'il est le dernier du nom, qui
fut celui de la marquise, née Jossine-
Françoise-Athénaïs de Saint-Aiguiin et
marraine du *de cujus.* Elle s'est arrangée
pour l'avoir à déjeuner en même temps que
moi, sans lui laisser supposer qu'il y a
anguille sous roche. La vieille dame rendrait des points à Metternich en matière de

rouerie diplomatique. De mon côté je n'ai rien dit à ma femme : nous sommes donc tout à fait libres de nos mouvements, et cela vaut mieux.

— Donc, vous avez vu ce jeune homme? demandai-je avec une curiosité fébrile.

— Comme je vous vois. Au physique, c'est ce qu'on appelle un bel homme dans le sens populaire du mot. Je ne prétendrai pas qu'il est joli : vous ne lui ferez pas le même reproche qu'à Théodore. Il est taillé en force, avec une santé de campagnard qui passe sa vie au grand air. Vous aurez des petits-enfants bien constitués et probablement nombreux. Au moral, le meilleur garçon du monde, le cœur sur la main. Votre fille le mettra dans sa poche.

— Vous n'avez rien dit de sa fortune?

— Il possède ce qu'on appelle l'aisance en province, moyennant qu'il fait rendre au domaine tout ce qu'il peut produire. Quant au château il est un peu délabré, mais cela nous est égal puisque nous ne comptons pas l'habiter. Je tiens tous ces détails de la tante qui a ses défauts, mais n'a jamais trompé personne.

— Reste la question des hypothèques,

dont son neveu peut s'être grevé sans sa permission.

— Vous serez fixé en quarante-huit heures : c'est l'affaire d'un banquier. Si vous désirez suivre, tout est concerté d'avance. Je vous présenterai à la douairière. Ensuite, second déjeuner qui vous mettra en présence du jeune homme ; après quoi les développements ultérieurs vous regardent, avec mon aide bien entendu. Faites un signe ; si c'est *oui*, nous battons le fer pendant qu'il est chaud. Si c'est *non*, le Picard est abandonné à ses betteraves. En attendant, buvons à sa santé, et aussi à la mienne, si vous êtes content de moi.

Nous bûmes si bien que madame Thévenin s'aperçut en arrivant que ma bonne humeur atteignait un niveau jamais observé jusqu'alors au baromètre de ma tempérance.

— Voilà, dit-elle avec un sourire indulgent, deux maris qui se consolent joliment bien de l'absence de leurs femmes !

Le docteur m'évita la peine de répondre.

— Ma chère, dit-il, vous ne vous placez pas au vrai point de vue de la situation. Ce ne sont pas deux maris que vous avez sous les yeux : c'est un médecin et son malade.

Je soigne chez notre ami un cas de neurasthénie assez tenace. Mes remèdes agissent
et vous vous en apercevez : tant mieux!
Attendez quelques jours : des résultats
encore plus extraordinaires surprendront
tout le monde. Allons! Casimir, couvrez-vous
bien pour ne pas sentir le froid en voiture.

Je ne sentis qu'un grand bien-être, voire
même une certaine envie de chanter tout
haut. Je compris alors que je venais de me
griser pour la première fois de ma vie.

En débarquant aux Glycines, je me
plaignis d'une digestion laborieuse, et je
gagnai mon lit dans un silence prudent.

XVIII

François de Saint-Aigulin est vierge d'hypothèques et n'a pas un sou de dettes, même de l'espèce commune. Décidément ce brave garçon me plaît déjà, sans l'avoir vu. Je n'en dirai pas autant de sa tante, à qui Thévenin m'a présenté aujourd'hui. On ne m'aurait jamais fait croire qu'il est possible à un honnête homme d'avaler tant de couleuvres dans l'espace d'une demi-heure.

Mon ami vint me prendre pour me conduire chez sa cliente, et me fit la leçon durant le trajet. Aux premiers mots je l'arrêtai, en disant que ce ne serait pas ma première rencontre avec de grandes dames.

— Je sais, répondit-il. Mais celles qui
viennent dans votre cabinet ont besoin de
vous, les unes afin de consulter sur un bon
placement, les autres dans l'espoir d'être
tirées de peine. Or, d'un côté la marquise de
Cornimont n'a pas besoin de vous; de
l'autre, réduite aux dernières affres de la
famine, elle ne vous ferait pas meilleure
mine pour autant. C'est tout à la fois un
caractère infernal et un beau caractère. Je
ne l'ai jamais entendue dire du mal des gens
derrière leur dos, par la bonne raison qu'elle
leur campe leurs vérités à la figure, et n'a
plus rien sur le cœur quand il sont partis.
Je dois vous prévenir qu'elle a deux haines
profondes dans l'âme : la haine des domestiques et celle des bourgeois.

— S'il vous plaît, dis-je, la main sur la
portière, arrêtez le fiacre et laissez-moi descendre. Vous n'ignorez sans doute pas que
j'appartiens à cette dernière catégorie.

Il me retint d'une main ferme.

— Casimir, êtes-vous donc une poule
mouillée? On ne vous mangera pas, que
diable! Je serai là, et vous no souffrirez pas
longtemps, je vous le promets. D'ailleurs on
nous attend.

Il me prit par le coude et m'entraîna sur l'escalier grandiose, en fredonnant la sonnerie de la charge :

> Y a la goutte à boire en haut!
> Y a la goutte à boire....

La marquise nous regarda venir, droite comme un piquet dans son fauteuil, ou plutôt *sur* son fauteuil Louis XIV, dont le style sévère rendait toute autre attitude impossible, il faut l'avouer.

C'était une femme de grand âge, mais sans rides sur un visage encadré de coques neigeuses et coiffé d'un bonnet à la Dauphine. Ses yeux bleus faisaient penser non à l'azur du ciel, mais à la cassure vive et coupante d'un bloc de glace. Elle tendit la filoselle de sa mitaine à Thévenin, qui l'effleura de ses lèvres.

— Comment va la chère marquise, ce matin?

Il était quatre heures de l'après-midi, mais c'est probablement le langage du grand monde.

— La chère marquise va très mal, affirma la douairière, ce qui mettait en mauvaise posture l'habileté du médecin.

10

Suivit un court exposé de symptômes
que j'aurais gardés pour moi, à la place de
la malade; évidemment, si j'étais resté rue
Laffitte, ma bourgeoise présence n'eût pas
été plus ignorée.

Enfin il fut possible de me tirer du néant
par une présentation en règle, qui me valut
cette réponse, mesurée et précise comme un
discours du trône, mais moins chargée
d'aménités :

— Mon cher monsieur, pour vous parler
en toute franchise, je n'aime pas les ban-
quiers. Il ont coûté trop cher à mon mari
qui n'était pas un aigle, et, en sa qualité
d'homme comme il faut, n'entendait rien
aux questions d'argent. Toutefois, le docteur
m'assure que vous êtes un honnête homme,
ce dont je ne veux pas douter. Il m'affirme
également que vous avez une fille élevée
dans les bons principes par une mère recommandable. De mon côté j'ai un neveu que
je souhaiterais d'établir plus près de moi, et
de laisser pourvu des biens de ce monde
dans la mesure qui convient au chef de nom
et d'armes de sa maison. Le malheur est que
les filles de race n'ont plus leurs fortunes,
depuis que les bourgeois y ont mis bon

ordre. Donc il faut se résigner à une mésalliance, et je regrette de prévoir que le mésallié, c'est-à-dire mon neveu, imbu des idées du-jour, n'en souffrira pas. Quant à moi, je compte rester en dehors des négociations. Le comte de Saint-Aigulin est d'âge à se défendre. Tout mon rôle va se borner à le mettre en relations avec vous, après quoi je n'aurai plus qu'à prier le Ciel de tout arranger pour le bien de chacun.

Voyant que je bouillonnais intérieurement, Thévenin, pour me donner le temps de me remettre, corrobora cette conclusion pieuse en rappelant que les mariages sont écrits dans le Ciel.

— Sottise! lui jeta au nez la douairière, qui eût été aussi franche, on peut le parier, si le Père Eternel lui-même avait émis cet aphorisme. Vous voyez plus de monde, et vous entendez plus d'histoires que moi, encore que j'en entende beaucoup. Donc vous savez pertinemment que les deux bons tiers des mariages furent écrits dans un endroit tout différent de celui dont vous parlez.

— Madame la marquise, répliqua Thévenin, je m'incline devant votre expérience.

Toutefois, il ne faut décourager personne, pas même votre neveu Reste à savoir quand vous consentirez à le mettre en rapport avec mon ami ici présent.

— C'est chose facile; mais je répète que je m'en lave les mains. Je vais faire venir François, qui m'obéit toujours, bien que prévenu de ne pas compter sur mon héritage. Toute ma fortune est en viager : il est bon que certaines personnes le sachent.

Un regard pointu comme une flèche m'indiqua ce qu'il fallait entendre par « certaines personnes ». Mais l'arrogante vieille allait à son tour subir la vérité sans flatterie.

— Madame, répondis-je avec une fermeté qui m'étonna moi-même, si je cherchais un mariage d'argent pour ma fille, laissez-moi vous dire que je ne serais pas ici. En même temps, veuillez reconnaître que, pour cette fois, ce n'est pas la bourgeoisie qui cause l'appauvrissement d'une famille noble en supprimant le capital.

Nous nous quittâmes sur ces mots, les premiers qu'il m'eût été possible d'articuler depuis le commencement de l'entretien ou plutôt du monologue. Je crus voir que je venais de monter dans l'estime, sinon dans la sympàthie de la douairière.

— Casimir, me dit Thévenin, quand nous fûmes dans l'escalier, vous avez le tempéra- ment d'un belluaire du cirque de Néron. Tous mes compliments!

— Morbleu! affirmai-je en enfonçant mon chapeau d'un coup de poing énergique, Dieu m'a fait bien des grâces depuis mon arrivée en ce monde. Mais il y en a une qui surpasse toutes les autres : je n'ai pas été, je ne suis pas, et né cours aucun danger d'être jamais le marquis de Cornimont. Je doute qu'Antoinette, une fois mariée, fatigue sa tante de ses visites.

XIX

Il fallut bien retourner chez la douairière
qui, fidèle à sa parole, nous invitait à
déjeuner, Thévenin et moi, avec mon futur
gendre. De plus en plus décidée à rester en
dehors de l'affaire, elle avait exigé que le
motif véritable de la réunion restât dans
l'ombre par rapport à son neveu. D'autres
auraient pu flairer une machination sous le
hasard suspect de cette rencontre. Mais
Saint-Aigulin n'était pas de ceux qui se
mettent martel en tête. Comme Théodora,
il acceptait les événements avec une humeur
égale, sans leur chercher une signification
fâcheuse. Toutefois, ce qui était de l'opti-

misme chez l'un me parut être chez l'autre
une pure absence de pensée.

Je n'ai aucune retouche à faire au portrait
dessiné antérieurement par Thévenin. Le
neveu était grand, fort, un peu hâlé, avec une
voix trop sonore pour le salon de sa tante. Sa
chaussure était formidable; ses habits taillés,
assez mal, dans du drap qui ne venait pas
d'Elbeuf. Malgré tout, il se dégageait de sa
personne très propre une trace de distinction
appréciable, même pour un bourgeois de mon
humble espèce. Il me serra la main d'une
étreinte qui fit craquer mes phalanges.
Quant à se demander pour quelle raison je
me trouvais là, quelle était ma situation en
ce bas monde, l'idée n'en venait guère à ce
Roger Bontemps.

On se mit à table, et il nous confia qu'il
avait grand'faim, vu qu'il s'était levé « à la
chandelle », et n'avait rien mangé depuis
son premier repas matinal. Je le félicitai
intérieurement de ce bon appétit, car on
nous servit sur un plat d'argent une
omelette brune, plate comme un tapis de
pieds, que j'aurais renvoyée à la cuisine si
cette chose immangeable m'eût été pré-
sentée aux Glycines. Madame de Cornimont

se contenta de nous faire ses excuses, en même temps qu'elle entrait dans son sujet favori.

— Voilà, commença-t-elle, un échantillon de ce que j'ai à souffrir journellement. On ne se douterait pas que ma cuisinière est un cordon bleu. Quand j'ai du monde, elle se donne la peine de bien faire. Mais quand je suis seule ou n'ai personne, elle ne trouve pas qu'il vaille la peine d'accorder la moindre attention à ses plats. Elle préfère se broder des chemises plus fines que les miennes.

Évidemment, de simples bourgeois de l'espèce de Thévénin et de la mienne rentraient dans la catégorie des invités qu'elle désignait sous la qualification de « personne ». Un regard échangé avec mon ami exprima que cette blessure faite à mon amour-propre était légère. Il me répondit par un clignement d'œil, comme pour me dire : « Attendez; nous ne sommes qu'au début. »

— J'ai toujours cru, continua la noble dame, qu'il y a une omission au premier chapitre de la Bible. Vous savez la sentence prononcée contre Adam après sa faute : « Tes descendants mangeront leur pain à la sueur

de leurs fronts. » Le Seigneur a dû ajouter,
j'en suis certaine :.« et ils auront des domestiques ».

— Madame, fit observer le docteur avec
une compétence indéniable, vous oubliez ce
qui concerne votre sexe : « Elles enfanteront
dans la douleur. »

— Ceci m'est égal, riposta notre hôtesse,
car je n'ai jamais eu d'enfants. Mais, sans les
avoir comptés, j'affirme que j'ai eu au
moins cinquante domestiques dans ma vie.

Saint-Aigulin, qui avait jusque-là mangé
sans rien dire, prit la parole pour demander :

— Aimeriez-vous mieux avoir eu cinquante enfants et pas de domestiques? Faites
comme moi ! n'ayez qu'une servante pour
coudre, laver, repasser et faire la cuisine.
Vous n'entendrez pas de disputes et serez
servie mieux que vous n'êtes.

Le neveu ne manque pas d'*humour*, et
parle bien, quand il parle. Mais je fus surpris de voir que cette sortie de paysan du
Danube ne lui valait qu'un haussement
d'épaules. La terrible tante, il faut croire,
a un petit faible pour lui, jusqu'au placement viager exclusivement.

Tout cela ne nous rapprochait guère du but secret de la réunion. Thévenin s'en rendit compte, et essaya d'aiguiller l'entretien dans le sens désiré :

— Vos soirées doivent être longues dans la solitude de votre château. Comment ne songez-vous pas à prendre femme?

La réponse du solitaire montra qu'il n'était pas sur le chemin de la conversion :

— Pour un homme qui se lève avec le soleil en été, avant le soleil en hiver, les soirées sont courtes. Quant à prendre femme, vous parlez comme ma tante. Mais je tiendrais absolument à trouver une jeune fille par laquelle je serais sûr de n'être pas trompé. Et c'est un article rare dans le commerce.

Madame de Cornimont, plus xviii° siècle que jamais, intervint sans mâcher les mots :

— François, vous m'affligez avec vos craintes pusillanimes. Vous avez peur d'être...? (Elle articula un mot qui me fit chanceler sur ma chaise.) Le devoir est le devoir, mon ami. Quand vos ancêtres montaient à l'assaut d'une redoute, l'idée qu'ils pouvaient y laisser un bras ou une jambe ne les arrêtait pas. Faute d'un peu de courage,

me donnerez-vous le chagrin de voir notre
nom s'éteindre?

— Oui, soupira le héros hésitant. Il y a le
nom!....

Là-dessus, pour se remettre en équilibre,
il se versa un grand verre, ajouté à beaucoup d'autres. Mais s'il s'était abreuvé d'eau
d'Évian, il ne fût pas resté plus calme. En
vérité, je l'admirais, moi qui m'étais quasi
grisé en l'honneur de ce même futur gendre,
dont la solidité cérébrale me rabaissait à
mes propres yeux.

Après le café, un pousse-café sérieux
acheva l'un des plus mauvais déjeuners que
j'aie faits de ma vie. Bientôt Saint-Aigulin
tira sa montre et pria sa tante de l'excuser
s'il la quittait si vite, pour vaquer à deux ou
trois affaires urgentes avant le départ du
train. Nous emboîtâmes le pas derrière lui.

Dans la rue, il voulut prendre congé de
nous; mais il ne s'agissait pas de le lâcher,
maintenant que nous le tenions. Je le plai-
santai sur ses « affaires urgentes », ce qui le
fit sourire d'un air bon enfant.

— Avec vous, dit-il, je ne veux pas jouer
au fin. La vérité est qu'il n'y a pas moyen
de fumer ma pipe chez ma tante. Par paren-

thèse, elle vient de nous flanquer un joli
coup de fusil.

Je me hâtai de lui présenter un cigare
qu'il refusa en déclarant :

— Pour moi, il n'y a que la pipe.

— Eh! bien, qui vous empêche de
l'allumer?

— Sortir ma bouffarde entre deux Parisiens coiffés de gibus et chaussés de bottines vernies? Je mourrais plutôt. Au revoir,
messieurs!

— Écoutez-moi, cher comte. Venez dans
mon bureau où vous serez à votre aise. Ne
nous donnez pas le chagrin de nous quitter
si vite.

Je le pris sous un bras, Thévenin sous
l'autre; ainsi harponné solidement, nous le
fîmes monter dans un fiacre. Dix minutes
après il fumait sa pipe sur le meilleur siège
de mon salon d'attente, très heureux, parais-
sant avoir renoncé à toute tentative d'éva-
sion. Je lui demandai la permission d'emmener le docteur dans mon cabinet pour
une consultation très courte.

— Eh bien? demanda ce dernier quand
nous eûmes fermé la porte. Vous l'avez vu
et entendu. Qu'en pensez-vous?

— Il a beaucoup de qualités, mais un défaut grave chez un futur gendre, qui est d'ignorer l'existence de ma fille.

— Patience! fit Thévenin. Alors nous marchons?

— Marchons, dis-je avec fermeté. Pour le moment, c'est à vous de conduire la manœuvre.

Nous rejoignîmes François, quelque peu assoupi dans un voluptueux nuage. Un bock que j'envoyai prendre au café voisin le réveilla; il devint loquace. Naturellement, la betterave tint la première place dans la conversation. Culture dispendieuse; résultats menacés par mille fléaux divers; jusqu'aux sangliers qui s'en mêlent quand on croit tenir la récolte. Heureusement, il était aussi bon chasseur que bon agriculteur.

— Vous en tuez beaucoup?

— Des douzaines! J'en ai toujours quatre ou cinq cuissots qui marinent dans mon saloir.

— Bigre! fit le docteur, avec une expression d'envie qui m'étonna d'abord, car je connais ses goûts; mais il avait son idée.

— Vous aimez le cuissot de sanglier, monsieur Thévenin?

— Je l'adore.

— En ce cas je vous enverrai une pièce de choix.

— Faites mieux. Apportez-le à ma femme. Nous inviterons mon ami Lecerteux à venir le manger avec nous, et vous n'essuierez pas « un coup de fusil », comme chez votre tante.

« C'est amorcé », me télégraphia Thévenin par une grimace. Ils sont sortis ensemble, et j'ai compris que mon futur gendre va enfin savoir que j'ai une fille.

XX

Les choses marchent sur des roulettes,
grâce au génie de Thévenin — car il a vraiment du génie.

D'abord, il a convaincu François (je
l'appellerai désormais par son petit nom)
qu'une chance unique se présente à lui de
trouver une jeune personne dont le mari,
quel qu'il soit, pourra dormir tranquille
pour sa réputation, et sûr du lendemain,
même sans les betteraves.

Cela fait, il a mis sa femme dans la com-
binaison. Soit dit en passant, Félicie Thévenin est une marieuse féroce, qui ne se
porte jamais tout à fait bien, au dire de son

mari, quand elle n'a pas une ou deux entre-
prises matrimoniales sur la planche. Cette
fois il s'agit de marier Antoinette : on peut
compter sur son zèle, poussé au superlatif.

Elle nous conseille de nous arranger pour
que l'idée *vienne de Victorine*. Peut-être bien
qu'elle a raison; d'ailleurs elle se charge
d'entortiller ma femme. Donc, pour le
moment, il y a deux groupes en présence :
celui de Saint-Cloud, qui a le plan de campagne; celui de Suresnes qui ne sait rien ou
est censé ne rien savoir : je parle de moi.

Les hostilités ont commencé hier soir par
un dîner intime, de voisins à voisins, auquel
Félicie nous a invités à la dernière heure
« pour manger un cuissot qu'elle venait de
recevoir des Ardennes ». Le chasseur était
de la partie, chose assez naturelle. Comme
de juste, je fis semblant de ne pas le connaître, lui de même. Je dois dire qu'il joua
son rôle encore mieux que moi, avec une
finesse de paysan dont je fus vivement frappé.

J'expose, non sans rougir un peu, cette
situation qui eût fait la joie d'un vaudevil-
liste. Cependant les deux groupes étaient
composés d'honnêtes gens, loyaux, inca-
pables de la trahison la plus légère. Mais les

circonstances font les hommes, et surtout
les femmes. D'ailleurs ce n'était qu'une
courte période à passer. Nous semions dans
la nuit de l'intrigue, pour récolter un peu
plus tard au grand jour de la sincérité et
de l'estime mutuelle. Ce soir-là, il s'agissait d'observer le Onzième Commandement,
ajouté au Décalogue par un affreux sceptique
réservé aux flammes éternelles : *Et tu ne te
feras pas prendre.*

Paul Thévenin nous avait présenté négli-
gemment « le comte de Saint-Aigulin,
neveu d'une de mes plus anciennes et respec-
tables clientes, la marquise de Cornimont ».
L'étranger tombé du ciel ne trouva pas
un mot à dire, non par simple timidité,
mais parce qu'il mourait visiblement de
frayeur. Nous eûmes le tact de ne pas faire
attention à lui et causâmes entre nous, pour
parler de quelque chose, bon moyen de
rendre la conversation stupide. Mais on
peut être certain qu'il n'était pas porté à la
critique. Sachant que Thévenin l'avait
confié à son tailleur, je ne fus pas surpris de
le voir mieux habillé que chez sa tante. Il
jetait de temps à autre sur ses bottines
neuves un coup d'œil de reproche, qui en

disait long sur les tortures endurées avec un
mâle stoïcisme. J'ai passé par là.

En sa qualité d'hôte nouveau venu,
François conduisit à table la maîtresse de
maison, et fut placé à sa droite, ayant
Victorine pour autre voisine. Nous étions
graves et préoccupés, manquant de naturel
d'une façon déplorable. Antoinette seule
semblait s'amuser beaucoup et serrait les
lèvres pour ne pas rire. Il était visible qu'elle
n'avait pas le moindre doute sur le motif de
la présence de cet inconnu (?) qui luttait de
son mieux contre un potage chaud. Thévenin
a dit qu'elle le mettra un jour dans sa poche.
L'horoscope me semble bien tiré ; mais cette
gaieté intérieure de ma fille me rendait ridicule à mes propres yeux. J'avais envie de
jeter le masque et de lui dire : « Eh bien,
oui ; nous manœuvrons depuis trois semaines
pour amener ta rencontre avec ce monsieur,
qui aspire à l'honneur de devenir mon
gendre. »

Pendant ce temps-là les grandes personnes
parlaient du froid commençant à se faire
sentir, et permettant les ébats des patineurs
sur la grande pièce d'eau. Questionné à gauche par madame Thévenin, François, qui

était venu à bout de son potage, déclara
qu'il n'avait jamais pratiqué ce genre de
sport. A sa voisine de droite, il confessa qu'il
n'entendait rien à la musique. La conversation avec lui dégénérait en tour de force.
Heureusement, la Providence vint à notre
aide en faisant paraître sur la table, le
fameux cuissot de sanglier. De ma vie je n'ai
goûté d'un aliment plus atroce; mais je
m'extasiai sur sa délicatesse et demandai
avec candeur :

— C'est vous qui avez tué cet animal?

Sa réponse, déjà entendue chez sa tante,
fut qu'il en tuait des douzaines, sur quoi
j'émis la supposition qu'il devait avoir une
belle meute.

— Une meute? fit-il avec mépris. C'est
bon pour les poseurs.

Puissances du Ciel! Si Fernand eût été là,
que se serait-il passé? Mais François, parti
à fond, poursuivit avec une volubilité ines-
pérée :

— Mon équipage se compose d'un seul
chien qui se nomme Tambo, et dont j'ai
refusé mille francs, soit dit par parenthèse. L'animal que nous mangeons est le
cent quinzième qu'il m'a fait tuer.

Nous nous récriâmes, ce qui augmenta encore sa verve.

— N'en déplaise aux veneurs, expliqua-t-il, le moyen le plus sûr de mettre un ragot par terre n'est pas de galoper à ses trousses avec des trompes, des piqueurs et deux douzaines de chiens, dont il éventre les meilleurs. Mon système est beaucoup plus simple. Je pars avec mon vieux toutou, qui n'est pas long, d'habitude, à rencontrer une voie. Il suit en donnant un petit coup de gueule par-ci par-là. Bientôt la bête, voyant qu'elle n'est chassée que par un roquet méprisable, revient sur lui pour le découdre; mais Tambo ne fait pas le malin. Il détale, la queue entre les jambes, repart quand le sanglier s'éloigne, rebrousse encore quand il faut, et ainsi de suite. C'est une vraie comédie qui se passe dans un rayon d'une demi-lieue. Je finis toujours par en revoir à bonne portée et... ma carabine ne manque pas de taper au bon endroit. Le contraire mettrait ma peau en danger.

François n'avait plus peur et n'était plus timide. Il avait oublié tout le reste, reporté par le souvenir dans le coin de forêt où il guettait, le doigt sur la détente, quelque

monstre armé de défenses formidables. Son
visage bruni rayonnait d'énergie, et ses
gestes pleins d'aisance soulignaient son récit.
Malgré son succès, il restait simple et modeste ; nous l'écoutions tous dans un silence
sympathique. Je vis les yeux de ma fille fixés
avec une bienveillance marquée sur le narrateur qui, bientôt, sembla ne parler que
pour elle. Jamais Théodore, du moins en ma
présence, n'avait obtenu un pareil regard.
Tant il est vrai que la femme est toujours
attirée par l'homme énergique et vaillant.

Thévenin surveillait la scène avec un
intérêt égal au mien. Son clignement d'œil
m'exprima : « Tout va pour le mieux ; n'êtes-
vous pas content? » Ma joie était grande,
encore que prudemment dissimulée. J'aurais
voulu crier à mon futur gendre : « Bravo!
continuez. » Mais il était retombé dans son
effacement, avec cette différence qu'il s'était
mis à manger, chose qu'il avait été inca-
pable de faire jusqu'alors. Cette partie de
chasse, même en imagination, lui avait
rendu l'appétit.

Je tâchai de lui rendre la parole en le
questionnant sur l'industrie sucrière, sujet
moins passionnant pour les convives du

. 11.

sexe féminin. Il eut le bon sens de le comprendre et demeura dans l'ombre. Son
visage, au surplus, commençait à donner les
signes d'une préoccupation pénible. Toutefois, quand nous fûmes rentrés au salon, il
reçut sa tasse des mains de ma fille avec le
même regard expressif que j'avais surpris un
peu plus tôt. Mais Thévenin, ne voulant
pas le priver plus longtemps de sa pipe,
nous emmena au fumoir. La porte à peine
fermée, François se jeta sur un siège en
criant d'une voie forte :

— Ah! j'en ai assez! Il était temps!

Nous nous regardâmes avec inquiétude, le
docteur et moi, pensant que l'affaire était à
vau-l'eau et que mon futur gendre nous
craquait dans la main. Nous fûmes rassurés
en le voyant déboutonner ses bottines et
caresser avec une tendre sollicitude ses
extrémités endolories.

— Pauvre garçon! sympathisa l'hôte.
Mais vous ne pourrez jamais *les* remettre.

On n'y peut plus rentrer quand on en est dehors.

— Les remettre? déclara la victime.
J'aimerais mieux retourner à Paris en marchant sur mes bas!

Thévenin avait trouvé un moyen terme.
Il disparut et rapporta incontinent une paire
de ses propres chaussures fatiguées par
l'usage, inoffensives comme des pantoufles.
Jamais remède ordonné par le bon docteur
n'eut un effet aussi prompt. Cinq minutes
après, l'éclopé guéri fumait sa pipe avec
béatitude. Enfin, nous rejoignîmes ces
dames et il demanda la permission de les
quitter, voulant prendre un train de nuit
pour la Picardie. Avec des manières de gentilhomme, conservées malgré l'encroûte-
ment de la province, il leur baisa les mains.
Antoinette parut surprise, mais favorable-
ment. Je suis prêt à parier que Théodore ne
lui a jamais rendu le même hommage.

Les habitants de Suresnes prirent congé
aussitôt. Pendant que les femmes étaient
chez Félicie pour les derniers préparatifs, le
docteur, seul avec moi, me frappa sur
l'épaule d'un air radieux.

— Je crois, dit-il, que nous venons de
faire d'assez bonne besogne.

— C'est mon impression, confirmai-je.
Le garçon est facile à vivre. Nous pourrons
peut-être avoir le jeune ménage chez nous.

— Nous n'en sommes pas encore là, fit

observer Thévenin. Suivons le programme. Demain Félicie demandera un entretien confidentiel à madame Lecerteux et fera naître en elle *l'idée*, qui sera, je le répète, l'idée de votre femme. Quand elle vous la communiquera, jouez bien votre rôle. Ainsi vous éviterez l'opposition.

Dans le landau qui nous emmenait à Suresnes, je fis semblant de dormir pour éviter toute parole maladroite.

XXI

Le lendemain du fameux dîner, dans l'intimité conjugale, Victorine me pria de l'écouter sérieusement et me fit part de « son idée ». Félicie Thévenin avait passé par là.

Sérieux autant qu'un homme peut l'être, je gonflai les joues, fis observer qu'on me prenait à l'improviste, et demandai à réfléchir. C'était le moyen de provoquer l'insistance de ma femme. Tous les arguments qui pouvaient militer en faveur de François défilèrent aussitôt sous mes yeux : bel homme, charmant caractère, bien titré, suffisamment riche, d'une indépendance complète ;

— Nous n'aurions sur le dos ni beau-père
ni belle-mère, et c'est un rude avantage. Et
tu as pu voir qu'Antoinette a fait de l'impression sur lui.

— Dans tout cela, répondis-je, il y a du
vrai. Pour aujourd'hui, je me borne à une
simple observation : j'avais cru voir chez
toi un faible marqué pour le jeune homme
d'Elbeuf.

— J'en conviens ; mais je ne peux pas lui
dire : s'il vous plaît, cher monsieur, accordez
un peu d'attention à ma fille. D'ailleurs
Félicie a quelque chose en train pour lui. Il
faut bien reconnaître que l'ami des Thévenin
a des manières plus distinguées. Et puis,
sans être snobs, à la place d'Antoinette
j'aimerais mieux être madame la comtesse
de Saint-Aigulin que madame Cantagrel
tout court.

Je me retranchai sur une dernière position :

— Mais, d'abord, il faudrait savoir ce
qu'en pense la petite. Tu n'as pas, je suppose, l'intention de lui proposer un jeune
homme qu'elle a rencontré une seule fois?

— Naturellement non. Je tiendrai conseil
avec Félicie Thévenin sur la meilleure

manière d'amener une seconde entrevue puisque mon idée semble te convenir.

J'étais tranquille sur le résultat de la délibération. Le programme suivant, que je trouvai ingénieux, fut arrêté entre ces dames après un court examen :

. 1° Le 23 décembre étant le jour de fête de ma femme, nous invitions les Thévenin à dîner pour ce soir-là.

2° Regrets et excuses des Thévenin. « Pas libres. Nous avons invité le comte de Saint-Aigulin à la même date. »

3° Réponse des Glycines : « Qu'à cela ne tienne. Amenez-le. »

4° Réponse de Saint-Cloud : « Entendu; vous êtes les plus aimables des voisins. »

Il va de soi que toute cette correspondance passerait sous les yeux d'Antoinette d'un côté, de François de l'autre. Jamais rencontre n'aurait ressemblé aussi peu à l'entrevue classique.

Je m'aperçois que, dans ces Mémoires, on dîne tout le temps, de même que, dans les romans anglais, on n'arrête pas de prendre le thé! La comparaison, il me semble, est à l'avantage de notre hospitalité. Les Anglais s'en tirent avec un peu d'eau chaude et

quelques rôties beurrées; tandis que les
comptes de nos cuisinières.... Mais ne nous
égarons pas en études de mœurs.

Les choses ne pouvaient marcher mieux
et la paix entrait dans mon âme. Aussi,
débarrassé de Théodore, tout au moins
comme gendre, mon antipathie à son égard
se changea en un sentiment tout contraire :
on sait combien je suis juste. Il avait de
grandes qualités. Au bureau, ses services
devenaient précieux; je n'avais pas d'employé
plus exact et plus sûr. Despréaux, peu à peu,
se déchargeait sur lui d'une partie de son
travail devenu lourd pour un vieillard.
« Monsieur Théodore » plaisait au public.
Pas une seule fois — j'en étais même surpris — il n'avait sollicité la permission
d'aller faire un tour à Elbeuf. Ses relations
avec Suresnes gardaient la même ponctualité,
sans devenir plus indiscrètes. Dans notre
cercle de famille, où les habitudes étaient
réglées comme une horloge, il n'était qu'un
rouage de plus, ne faisant jamais grincer les
autres.

Cette modification dans mes sentiments
produisit deux résultats qui seront approuvés.
D'abord, j'estimai qu'il était peu honnête de

me prévaloir de mes arrangements avec le
père Cantagrel pour faire travailler son fils
sans rétribution. Puisqu'il n'était plus question de l'avoir pour gendre, pouvais-je
équitablement le maintenir dans la position
de surnuméraire? Je l'informai qu'il émar-
gerait à partir du nouvel an, faveur qu'il
reçut avec plaisir, mais avec le calme d'un
homme pour qui vingt-cinq napoléons de
plus à son budget mensuel n'étaient pas
une dérivation du Pactole. Évidemment, il
ne comptait pas vieillir sur son tabouret et
dans ma banque. Il n'attendait que la fin
d'un stage complet pour retourner à Elbeuf.
J'avais d'autant moins de raison de hâter
ce jour que son départ causerait un vide
fâcheux dans mon personnel.

Tout cela fit que je devins plus amical
pour lui, presque affectueux. Le soir de sa
titularisation, je l'emmenai dîner à Suresnes
pour fêter l'événement. Je reçus son éternel :
« Merci, monsieur le Directeur. » Victorine
fut d'abord un peu surprise; toutefois elle
comprit le motif de cette invitation et ne put
que l'approuver. Quant à Antoinette, lorsqu'elle descendit se mettre à table, la vue
de ce convive, imprévu ce soir-là, mais ren-

contré chaque semaine à la même place, lui
parut la chose la plus naturelle du monde.

Malgré tout on devine que Théodore ne
fut pas invité pour le 23 décembre.

Par contre, Fernand sacrifia une chasse à
courre et vint prendre part à la solennité
de Sainte-Victorine, qui fut célébrée selon
le programme convenu. Les Thévenin produisirent François, qui, je regrette de le
dire, ne fut pas à son avantage. Au moral, je
le trouvai mélancolique, et ce n'était pas le
moment. Au physique, il portait sur sa joue
gauche deux balafres parallèles et verticales
qui ne l'embellissaient pas. Nous en deman-
dâmes l'explication avec un intérêt poli.

— Bêtise de ma part, fit-il. Je n'ai pas
pris le temps d'écarter une branche pour
joindre mon sanglier.

Ce fut l'origine d'une conversation sur la
vénerie avec mon fils. Nous entendîmes pour
la seconde fois le récit des prouesses de
Tambo, et l'exposé du « système » de son
maître.

Fernand, qui ne croyait pas parler à un
futur beau-frère, mit les pieds dans le plat :

— Mais, cher monsieur, c'est du bracon-
nage, tout simplement.

En même temps il considérait avec attention les balafres du narrateur. Celui-ci, vexé,
avait perdu sa verve. Pour tout dire en un
mot, j'éprouvais un certain malaise, car
l'harmonie entre ces jeunes gens ne semblait
pas se dessiner à ce premier contact. François nous quitta de bonne heure et, contre
toute attente, mon fils ne lui proposa point
de l'emmener. Les Thévenin partirent presque aussitôt. Avant de monter sur son siège,
Fernand me prit à part :

— Saint-Aigulin est un affreux farceur,
me dit-il. Vous gobez l'histoire de ces égra-
tignures causées par une branche?

— Qu'est-ce donc, d'après toi?

— Des coups d'ongle, et pas autre chose,
mon cher papa. Vous n'avez pas bien regardé,
et vous n'avez pas vu la tête du docteur, qui
se connaît en cicatrices.

— Tu t'y connais donc bien, toi?

— Oh! moi, je suis un jeune homme ver-
tueux qui ne s'expose pas à des scènes vio-
lentes.

Il disparut dans la nuit, me laissant assez
perplexe.

XXII

Néanmoins, dès que nous fûmes seuls, j'abordai la grosse question avec Antoinette et l'informai qu'il ne tenait qu'à elle de s'appeler madame la comtesse de Saint-Aigulin. En digne fille de son père, elle demanda à réfléchir, ce qui était assurément son droit.

Je me gardai, ainsi qu'il convenait, de troubler ses réflexions pendant les jours suivants, mais je l'observai de près, sans en avoir l'air. Elle n'était ni plus triste ni plus gaie, ni rêveuse ni excitée; l'appétit restait le même. Ces jeunes filles d'aujourd'hui sont étonnantes. Moi, pendant les semaines qui précédèrent mon mariage, croirait-on que j'ai maigri de plusieurs livres?

Je sus par sa mère qu'elle faisait une neu-
vaine, ce que je trouvai fort bien, et qu'elle
avait écrit à Fernand, ce qui me plut moins.
Elle ressent pour son aîné une vive ten-
dresse, jointe à une grande confiance. Évidemment, elle avait exposé l'état des choses
et demandé conseil. Or, d'après ce que j'avais
pu voir, il ne fallait pas s'attendre de la part
de mon fils à une complète impartialité
à l'égard de son futur beau-frère.

Je n'avais pas tort de me défier des résultats de cette consultation !

Fernand parut un matin dans mon bureau
avant midi, c'est-à-dire au point du jour si
l'on tient compte de ses habitudes. Il avait
cependant l'air très éveillé, et la mine d'une
personne qui s'amuse par anticipation.

— Bonjour, papa, fit-il d'un air dégagé.
Ça va bien ?

Je lui répondis affirmativement et désirai
savoir ce qui me valait le plaisir de sa visite
à cette heure indue.

— J'ai à vous parler sérieusement. Devinez
où j'étais hier : dans le pays de l'homme
aux sangliers.

— Pour une chasse ?

— Oui, pour une chasse... aux renseigne-

ments. Par la vertu de ma mère, je n'ai pas
fait buisson creux! Mais, d'abord, où en
sont les affaires avec Saint-Aigulin?

— Je vois qu'Antoinette t'a mis au courant.
Il s'est proposé. J'attends de savoir si ta
sœur l'accepte.

— Eh bien, mon père, il faut qu'elle refuse.

Je protestai avec indignation contre cet
ostracisme brutal et je reproduisis les dires
de Thévenin. Dans son village, François était
adoré. Il y faisait beaucoup de bien. Son curé,
chantait ses louanges. Sa tante, qui pousse
la sincérité à l'excès, — j'ai pu m'en apercevoir, — le donnait comme un parfait
gentilhomme.

— Henri Quatre aussi était un parfait gentilhomme. Seulement il était trop adoré des
Béarnaises, de même que Saint-Aigulin est
trop adoré des Picardes. Ses bienfaits dans
le pays sont nombreux, effectivement — et
motivés par des devoirs paternels. Son curé,
le pauvre homme, voudrait bien le voir
marié et dira une messe d'action de grâces
le jour où ce libertin quittera la paroisse. Il
y a trop de baptêmes dans le casuel. Par
là-dessus est arrivé le gros scandale dont
vous avez pu voir les traces.

— Tu perds la tête! m'écriai-je. Quel
scandale?

— Attendez un peu. Tant que la comtesse
a vécu, son fils folâtrait au dehors. Devenu
libre, il est tombé aux mains d'une servante,
solide gaillarde qui a pris une autorité
absolue sur son maître. Toutefois, nous
devons rendre justice à ce dernier. Quand
il s'est agi d'un mariage pour lui, en honnête
homme il a voulu faire place nette, ce qui
n'alla pas sans résistance. La bataille fut
terrible. De là ces coups de griffe auxquels
je ne me suis pas trompé, pas plus que
Thévenin, d'ailleurs. Sommez-le d'avouer
ce qu'il en pense : je m'en rapporte à lui.
Des branches d'arbre et des ongles malpro-
pres ne produisent pas les mêmes blessures.

— Mais qui m'assure que tu es bien renseigné.

— Je vous répète que j'arrive de Picardie.
J'ai causé avec des confrères en Saint-
Hubert. Ce jeune braconnier — je maintiens
le mot — n'a pas menti en racontant les
succès de son chien Tambo. Mais il n'a point
parlé de ses propres succès... rustiques. Le
reste vous regarde, puisque vous êtes le chef
de la famille. Naturellement, vous ne pouvez

pas raconter cette histoire à Antoinette,
moins avancée pour son âge que certaines
jeunes filles dont je pourrais dire les noms.
Dieu me garde de vouloir dicter votre conduite. Quant à moi, j'adore ma sœur, et,
ses bans fussent-ils publiés, Saint-Aigulin
ne l'aura pas : il peut se le tenir pour dit.

Là-dessus, monsieur mon fils prit congé.
On l'attendait pour déjeuner au Café Anglais.
Il n'avait plus l'air amusé, mais résolu à
l'extrême. Je pus voir sur sa mine que je
venais d'avoir un deuxième gendre tué sous
moi.

Resté seul, il me sembla que j'entendais
un éclat de rire muet — si j'ose m'exprimer
ainsi. Le Génie moqueur du Désappointement, toujours à l'affût des disgrâces de
chacun de nous, s'en donnait à cœur joie.
Il faisait repasser devant mes yeux les cha-
pitres que je viens d'écrire en m'appliquant
avec un soin inutile : les premières ouver-
tures de Thévenin (je m'étais grisé ce soir là !);
ma visite à la grossière et méprisante douairière ; mes cajoleries à son neveu, ramené
chez moi pour fumer sa pipe ; les dîners
assommants à Saint-Cloud et à Suresnes ;
mes roueries avec ma femme ; la solennité

ridicule de mon discours à Antoinette. De
tout cela que restait-il? Un éclat de rire
pareil à celui de Méphistophélès sous la
fenêtre de Marguerite. Marguerite, dans l'occasion, c'était moi.

En même temps ma conscience me tint
— sans rire — des propos désagréables.
J'étais allé trop vite, et Fernand me l'avait
donné à entendre, sans manquer au respect
qui m'était dû. On a toujours quelque chose
à répondre à sa conscience. Je fis observer
à la mienne que les Thévenin étaient les
vrais coupables, et j'admirai une fois de plus
la valeur des renseignements qu'on obtient
lorsqu'il s'agit d'un mariage.

Pour la première fois de ma vie, je me
sentais furieux contre ces amis trop légers
dans la circonstance. J'éprouvais le besoin
de leur servir un plat de ma façon avant leur
dîner. C'est pourquoi, quittant mon bureau
plus tôt qu'à l'ordinaire, je poussai jusqu'à
Saint-Cloud, où j'eus la chance de trouver
les Thévenin tout seuls. Le rapport de mon
fils leur fut communiqué textuellement. Je
m'attendais à les voir courber la tête, mais
il n'en fut rien.

— Mon cher, fit le docteur, vous êtes un

12

peu exigeant. Certes, je désapprouve Saint-
Aigulin. Mais ce jeune provincial a péché
comme on pèche en province. Vivant à
Paris, il eût péché comme on pèche à Paris.
Il aurait couru les cocottes jusqu'à la veille
de son mariage et, en cas de.... d'engagement prolongé, s'en serait tiré avec quelques
billets de mille. On en est encore aux coups
de griffe à la campagne où tout est moins
cher. Faites attention qu'il a respecté votre
fille dès qu'elle est entrée en scène. Si vous
tenez à un archange, ne comptez pas sur moi.

Ce langage, encore que cynique, n'était
pas dépourvu de vérité. Je pouvais voir que
Félicie gardait le silence au lieu de prendre
mon parti. Le métier de marieuse, évidemment,
oblige à un peu d'aisance dans les
entournures.

Le docteur continua :

— Je ne dis pas que ce soit de la jolie
morale, ni même que ce soit de la morale;
mais nous ne vivons pas dans un couvent de
trappistes. Vous n'avez qu'un mot à dire et
je notifierai au comte le refus de sa demande,
si vous êtes décidé!

— Décidé ou non, répondis-je, il faut
rompre. Vous connaissez Fernand. Il ne m'a

pas laissé ignorer qu'au besoin il cassera
les vitres. Mais que vais-je dire à ma femme?
Quant à Antoinette, je ne peux rien lui dire
du tout : c'est encore mieux.

— Ne lui dites rien, conseilla madame
Thévenin. Entre nous, elle n'en perdra pas
le boire et le manger. N'entendant plus parler
de ce jeune homme, elle comprendra qu'il
est retourné pour toujours dans sa Picardie.
Quant à Victorine, je me charge d'elle, Vous
n'avez qu'à vous tenir tranquille. Maintenant
j'ai besoin de vous pour une autre affaire,
celle du mariage de Théodore avec la fille de
mon amie.

Je répondis qu'il venait précisément de
s'absenter pour une semaine, afin de passer
en famille le commencement de l'année.

— Qu'à cela ne tienne, dit Félicie. Nous
n'en sommes pas à huit jours près. Quand il
reviendra vous lui ferez les premières ouver-
tures. Cette mission vous incombe à cause
de vos relations d'amitié avec le père Cantagrel. Écoutez-moi bien et prenez des notes
dans votre tête.

C'était une diversion fort heureuse au
désappointement qui m'avait amené chez les
Thévenin. J'écoutai de mon mieux l'exposé,

que je résume le plus brièvement possible.

La baronne de Longepierre, veuve, ainsi
qu'il a été dit plus haut, d'un officier de marine
tué au Mexique, se décidait, après une assez
longue hésitation, à l'examen préalable de
« l'idée » de madame Thévenin. Elle avait à
se déterminer entre des arguments *pour* et
contre. Parmi ces derniers, venait tout
d'abord la naissance du jeune homme, fils
d'un simple industriel de province. Mais un
argument *pour*, à savoir la pauvreté de la
jeune fille, se présentait avec une force malheureusement trop persuasive. Madame de
Longepierre, sous son titre ronflant de dame
d'honneur (qui comportait plus d'honneur
que d'émoluments), n'avait en réalité pour
vivre qu'un portefeuille modeste et sa pension
de veuve. Payer des toilettes pour la Cour lui
était difficile. C'est pourquoi l'Impératrice,
avec sa bonté connue, la dispensait d'un service régulier et fréquent. Elle paraissait peu
aux Tuileries sous le prétexte d'une santé
médiocre, qui n'était pas, hélas! de pure
invention. Sa fille ne s'y montrait jamais
pour une raison toute différente.

Marguerite de Longepierre était d'une
parfaite beauté, et sa mère, femme de haute

vertu et de grand sens, ne désirait pas la
voir lancée dans un milieu où elle pouvait
perdre, tout au moins, la tranquillité de son
esprit et de son cœur.

Madame Thévenin blâmait cette prudence,
qui ôtait à la belle Marguerite toute chance
de faire la conquête d'un mari. Le docteur
était d'un avis contraire.

— Dans le monde des Tuileries, disait-il
à sa femme, votre jeune amie trouvera des
admirateurs qu'elle ne pourra pas épouser,
et de merveilleux modèles de toilette qu'elle
ne pourra pas copier. Ou bien elle sera la
proie de quelque vieux loup en quête de
chair fraîche. Vous êtes beaucoup mieux
inspirée en cherchant à lui trouver un établissement sérieux. Voyons si Théodore ne
sera pas l'homme du Destin.

Nous nous quittâmes sur cette conclusion,
et je regagnai Suresnes tout changé dans
mes dispositions. Je perdais Saint-Aigulin
comme gendre, mais il y avait compensation
si je trouvais une femme pour Théodore.

Je n'avais qu'à attendre le retour de celui-
ci.

XXIII

En revoyant Théodore, je fus frappé d'un
changement qu'un maître psychologue ana-
lyserait mieux que moi. Il était moins *jeune*,
moins insouciant, plus grave et un peu
mélancolique. Avec tout cela, cependant, il
paraissait heureux.

— Vous semblez content, lui dis-je, de
rentrer rue Laffitte?

— Tout à fait content, répondit-il. Cependant j'ai passé une excellente semaine auprès
des miens.

— Parlez-moi de votre père.

— Il prétend que je suis devenu un autre
homme pendant ces mois écoulés près de

vous. C'était notre première séparation.
Nous nous sommes retrouvés avec une joie
inexprimable. Il m'a paru que je ne connaissais pas encore mon père. Maintenant nous
sommes deux amis intimes. Nous avons
causé à cœur ouvert. C'était si bon de lui
découvrir toutes mes pensées et de recevoir
ses conseils! Il est si affectueux et si sage!

L'occasion ne pouvait être meilleure pour
aborder la grosse question.

— Vous vous êtes envolé un peu trop
tôt, dis-je en souriant. Le lendemain même
l'occasion m'était donnée de vous parler
d'une affaire pour laquelle vous auriez eu
tout avantage à consulter votre père de vive
voix, au lieu de le faire par lettre.

Après cet exorde, je le mis au courant
du projet ou plutôt de la possibilité matrimoniale qui s'ouvrait devant lui. Assez ému,
il désira savoir si l'idée venait de moi.

— En aucune façon, affirmai-je. Elle
vient des Thévenin qui s'intéressent beaucoup à la jeune fille, et considèrent — en
cela je les approuve — que vous feriez pour
elle un excellent mari.

Ma réponse sembla le soulager d'un poids.
Il salua sans rien dire, flatté au fond, peut-

être. Je continuai en rapportant ce que je savais de mademoiselle de Longepierre, dont je gardai le nom pour moi, bien entendu. Je vantai sa famille, sa beauté et la haute protection qui lui était assurée.

— Dans sa corbeille l'Impératrice mettrait le cadeau de noces qui vous conviendrait le mieux, par exemple une belle Recette des Finances. Vous êtes tout désigné pour ces fonctions, qui vous conduiraient à une Trésorerie Générale. Enfin j'attire votre attention sur les avantages du projet qu'on m'a chargé de vous soumettre. Il dépend de vous que son étude soit poussée plus loin.

Sa mélancolie ne parut pas diminuée par ce qu'il venait d'entendre. Néanmoins, il m'assura qu'il allait écrire à son père. La conférence prit fin là-dessus. Mais l'approbation conditionnelle et préliminaire de Cantagrel ne faisait pas doute pour moi.

Le surlendemain, Théodore m'apprit que son père lui conseillait de se former une opinion personnelle, *de visu*.

— Faites attention, fit-il observer, qu'on ne me conseille pas d'épouser cette demoiselle, mais simplement de la rencontrer. Papa est d'avis qu'un jeune homme doit

regarder autour de lui, afin de comparer et
de voir clair dans son cœur avant de le
donner pour toute la vie.

Ce discours était d'un homme sage, peut-
être même un peu trop sage à mon point
de vue. J'aurais aimé voir Théodore un
peu plus « emballé » sur les charmes de la
future, sans parler de la Recette des Finances.
Je gardai cette impression pour moi quand
je rendis compte à Saint-Cloud du résultat
de cette première démarche. Madame Thévenin trouva que tout allait pour le mieux.
Elle s'était déjà entendue avec madame de
Longepierre sur la marche à suivre et avait
proposé l'Opéra-Comique pour l'entrevue.
Mais la baronne avait écarté la motion.
Vingt-cinq ans plus tôt on lui avait présenté
le pauvre Longepierre dans cette officine
matrimoniale. Souvenirs trop douloureux !
On s'était rabattu sur un dîner.

(Encore un ! Mais ce n'est pas ma faute.)

Cette fois on jouait cartes sur table. Il
n'était pas besoin de justifier le festin par un
anniversaire quelconque. Chacun saurait à
quoi s'en tenir sur le but de la réunion, qui
serait juste assez nombreuse pour en diminuer la signification gênante. Les deux héros

de la fête, rentrant chez eux, auraient toute
liberté ou de s'épouser avant le Carême, ou
de ne plus jamais se revoir en ce monde.

J'allais donc jouer de nouveau un rôle
dans la préparation d'un mariage; mais,
d'une part, il ne s'agissait plus de ma fille,
de l'autre nous n'avions plus besoin de dissi-
mulation et d'intrigue. Ma femme était au
courant de tout par Félicie. Antoinette, pré-
venue de quoi il retournait, montra d'abord
un léger trouble, dont elle fut la première à
se moquer, disant qu'elle n'avait pas l'habitude de dîner avec d'aussi grandes dames.
Naturellement, je donnai le mot à Fernand,
qui se déclara curieux de rencontrer une
jeune personne dont il avait entendu vanter
l'éclat, sans avoir pu jusqu'alors en juger
par lui-même.

— Il paraît qu'elle est pauvre, fit-il observer. Je me demande ce qu'en pensera le
père Cantagrel.

— Sa fortune lui permet d'être coulant sur
ce chapitre, répondis-je. Et il aime trop son
fils pour le contrarier dans son inclination,
si elle se manifeste.

Les convives des Thévenin étaient relati-
vement nombreux : la baronne et sa fille;

moi, ma femme et mes deux enfants;
Théodore. Neuf personnes, en comptant les
maîtres de maison.

La baronne de Longépierre fit ma conquête à première vue. Elle était l'antipode
de l'odieuse marquise de Cornimont. Mélancolique, sans rien d'affecté, sous son costume
demi-deuil, elle était douce, infiniment polie,
avec un langage et des gestes constamment
disciplinés par l'habitude de la Cour. Elle
semblait prendre à tâche de laisser à ceux
qui l'approchaient le souvenir de son charme,
répandu autour d'elle avec une égalité ayant
pour effet, je dois le dire, d'ôter quelque
prix à ses faveurs.

Quant à sa fille, je déclare n'avoir jamais
eu sous les yeux, dans toute ma vie, une
beauté qui lui fût comparable. Sa taille
élevée et souple offrait des contours merveilleux, à peine révélés par un corsage dis-
crètement ouvert. Ses mains étaient admi-
rables. Ses cheveux, qu'on devinait relevés
par elle-même sans aucun art, avaient la
couleur du blé mûr et la finesse de la soie
qui sort du cocon. Ses grands yeux ressem-
blaient à deux pervenches. Sur son cou
flexible, sa tête, petite, s'inclinait volon-

tiers comme sous le poids de la couronne
si lourde, pour une jeune fille, de la naissance et de la beauté sans la fortune. Elle
avait de l'esprit et causait bien, d'une voix
un peu grave, *prenante,* ainsi qu'un chant de
violoncelle.

« Pauvre Théodore! pensai-je; il va être
amoureux fou. Mais que deviendra-t-il si on
le refuse? »

A un bout de la table, réservé à la jeunesse,
il était assis entre ma fille et Marguerite de
Longepierre, voisine de Fernand. Celui-ci,
avec une bonne camaraderie que j'appréciai,
faisait de son mieux pour mettre en relief le
récipiendaire, sans y parvenir, il faut l'avouer.
Celui-ci m'étonnait de plus en plus. Ni inti-
midé, pas davantage fasciné, il semblait
cependant en proie à une sorte d'angoisse,
comme si, de ce qui allait suivre, dépendait
sa vie ou sa mort. Antoinette, forcément
laissée à l'écart, ne s'amusait guère; j'ajoute
qu'elle n'était pas la seule dans ce cas.

La conversation languissait d'une façon
gênante. Fernand jugea qu'il fallait sortir
de ce brouillard, et chercha un sujet capable
d'intéresser la baronne et sa fille. Il décou-
vrit qu'elles connaissaient l'Italie, et les

dérida par le récit humoristique de ses exploits au pays des chefs-d'œuvre. Dès lors la glace fut rompue, et le dîner devint gai, tout au moins pour la majorité des con-vives.

La soirée continua par un bezigue à quatre pour les grandes personnes, tandis que Thévenin, pour éviter les distractions aux joueurs, emmenait la jeunesse dans sa bibliothèque, et proposait le divertissement des « petits papiers ».

Cet homme a toujours de bonnes idées — ou presque toujours.

Enfin, il fallut se séparer. La voiture des Thévenin reconduisit mesdames de Longe-pierre chez elles. Fernand se chargeait de Théodore, plus *angoissé* que jamais.

— Trouves-tu que les choses marchent bien? murmurai-je à l'oreille de mon fils.

— Non, me répondit-il, sans s'expliquer davantage.

Tandis que nous regagnions Suresnes, je posai la même question à ma femme qui se montra plus optimiste, disant qu'il était impossible de rien préjuger. Antoinette, questionnée à son tour, se retrancha derrière son incompétence. Je la grondai doucement

13

sur ce que, pendant toute la soirée, elle
n'avait pas été en train.

— Peut-être, lui demandai-je en plaisan-
tant, le voisinage d'une beauté célèbre te
rendait jalouse ?

— Ah ! je ne changerais pas avec elle !
s'écria ma fille avec feu.

Elle ajouta aussitôt pour expliquer cet
élan :

— J'ai mon père ; cette jeune fille a perdu
le sien : comment aurais-je l'idée de l'envier ?

Chère et bonne créature ! Où pourrai-je
jamais lui trouver un mari digne d'elle ?
Quand je pense que je voulais lui faire
épouser Saint-Aigulin !...

XXIV

Le surlendemain je surpris Victorine en
conférence avec madame Thévenin. Notre
voisine avait apporté une charmante lettre
de la baronne de Longepierre. La première
page était consacrée à l'éloge de Théodore,
énumérant ses qualités, sans en omettre
une seule. Toutefois le *verso* était moins,
agréable pour lui. Le projet « formé par la
meilleure des amies avec une si bienveillante sollicitude » ne semblait pas « vaincre
les hésitations » de la principale intéressée.
Encore une fois, je venais de perdre mon
temps et ma peine. Je m'en plaignis doucement, ne pouvant dire tout ce que je pen-

sais. Madame Thévenin me répondit qu'elle-même était furieuse contre Théodore.

— Jamais, dit-elle, je n'ai vu un prétendant figé à ce point. On aurait pu croire que je le mettais en présence d'un épouvantail à moineaux. Il m'a placée dans une position horriblement vexante. Vous pouvez le prévenir qu'il ne doit plus compter sur moi pour lui trouver une femme.

— Ni sur moi, affirmai-je. Il n'est pas fait pour épouser une Parisienne. Les demoiselles d'Elbeuf feront mieux son affaire. Malgré tout c'est un bon garçon, pour qui j'éprouve de la sympathie. Je vais faire de mon mieux afin qu'il ne prenne pas son échec au tragique.

Je n'eus pas besoin de me mettre en quatre pour le consoler.

Le lendemain matin, juste comme j'allais le faire comparaître, il me demanda audience pour m'annoncer qu'il venait de recevoir une lettre de son père.

Mis au courant de l'absence d'émotion de Théodore après la fameuse entrevue, Cantagrel conseillait ou plutôt commandait à son fils d'agir en honnête homme, et de se dégager sans perdre une minute.

— En un mot, vous devez laisser souffrir mademoiselle de Longepierre le moins long-temps possible, commentai-je un peu dure-ment. Eh bien, vous pouvez rassurer votre père. J'étais justement chargé de vous dire qu'on vous laisse libre de porter vos vues ailleurs. Mais, à l'avenir, je vous abandon-nerai le soin d'agir vous-même.

Il comprit que j'étais mécontent et se retira, non sans me faire observer, avec sa manie exaspérante d'avoir toujours le dernier mot, qu'il ne m'avait pas prié de me donner toute la peine que je venais de prendre.

Sur le coup de midi, Fernand parut à son tour. Sans doute, il s'était levé matin dans son impatience de savoir des nouvelles : j'émis cette présomption.

— Des nouvelles? J'en sais déjà beau-coup, répondit mon fils. Théodore m'a fait ses confidences le long du chemin, car il me juge capable de garder tous les secrets, en quoi il a raison. D'ailleurs je professe la même opinion sur lui. Donc il ne se croit pas digne de la belle Marguerite et a dû faire cet aveu à son père.

— Il l'a fait par le courrier suivant. Et je

viens de lui apprendre que la belle Marguerite ne veut pas de lui.

Fernand éclata de rire.

— C'est ce qu'on appelle un coup fourré.
Mais vraiment les Thévenin manquent un
peu de bon sens dans leurs suggestions
matrimoniales. Quand il s'agira de moi je ne
réclamerai pas leurs services.

L'affaire tombée dans l'eau parut oubliée
de tout le monde. Néanmoins, j'étais trop
juste pour ne pas regretter l'avanie causée
par moi à Théodore, d'autant plus qu'il ne
me témoignait aucun ressentiment, nouvelle preuve de son bon caractère. Ma sympathie pour lui s'en accrut et se manifesta en
toute occasion.

C'est ainsi que, pour égayer son Mardi-
Gras, je l'invitai à déjeuner aux Glycines.
Fernand l'amena dans son phaéton. Ils
devaient repartir ensemble sur la fin de
l'après-midi. Pas plus pour eux que pour
moi — on va le voir — cette journée de
Carnaval ne devait être le règne de la Folie.

Le temps superbe pour la saison invitait à
la promenade. Sortis à pied, nous traver-
sâmes la rivière tous les cinq et, remontant
la route de la Cascade, fûmes bientôt dans la

partie du Bois animée par la foule. Mouton
nous accompagnait, plus enrubanné que
jamais. Fatal Destin! Que d'angoisses nous
eussent été épargnées s'il fût resté à la
maison!

Un officier passa dans la contre-allée,
caracolant avec un cliquetis de sabre. Mouton,
mis en joie, bondit en aboyant jusqu'aux
naseaux du cheval qui se cabra d'une façon
dangereuse. L'officier, très habilement,
rendit la main et se laissa couler à terre
sans quitter les rênes. Mais cette glissade
peu élégante le rendit furieux.

— Sale roquet! cria-t-il d'un ton cour-
roucé.

Théodore, que je n'aurais pas cru susceptible d'une façon exagérée, prit parti pour
Mouton.

— Monsieur, fit-il sans élever la voix, je
ne permets pas qu'on appelle « sale roquet »
le chien d'une dame que j'ai l'honneur d'accompagner.

— Et moi je ne permets pas qu'on me
donne des leçons, avec ou sans accompa-
gnement.

A ce début de dialogue, probablement gros
de conséquences, la sueur froide me courut

le long du dos. Mais Fernand, aussi calme que s'il avait entendu un merle siffler dans le buisson, fit un signe à son ami qui enfonça les mains dans ses poches. Puis me poussant d'un geste énergique :

— Allez devant, ordonna-t-il; nous vous rejoignons dans cinq minutes.

Il resta sur le lieu du conflit avec Théodore, et ce fut à peine si les cinq minutes étaient écoulées quand ils reprirent leur place dans notre groupe.

La physionomie de Théodore n'était pas changée; celle de Fernand était plus sérieuse. Toutefois, il nous rassura en disant :

— Beaucoup de bruit pour rien. Les choses sont arrangées. N'y pensons plus et rentrons chez nous tranquillement.

Victorine le crut. Antoinette me parut moins convaincue. Pour mon compte j'étais parfaitement sûr qu'on allait se battre. Le long du chemin, Fernand essaya de nous faire rire en parlant du bal de l'Opéra, où il voulait entraîner Théodore, lequel protestait, déclarant que cette cohue lui ferait peur.

A peine arrivés aux Glycines, les deux jeunes gens nous quittèrent. Je fus étonné de voir le phaéton prendre la direction de

Saint-Cloud. Je ne devais pas tarder à savoir
la cause de ce détour.

Notre veillée fut courte et lugubre.
Victorine maudissait Mouton, déjà enfermé
et puni par l'enlèvement de ses décorations.
N'osant mettre en cause Théodore et sa
galanterie intempestive, malgré mon envie,
je me rabattis sur l'officier qui ne savait pas
se tenir à cheval et l'envoyai au diable. De
bonne heure toute la maison alla se coucher.

Pour la première fois de sa vie, Théodore
n'était pas au bureau quand j'y arrivai le
lendemain. Cet oubli de ses devoirs m'en
disait long sur l'emploi de sa matinée.
J'entrai dans mon cabinet tellement troublé
que les murailles tournaient autour de moi.
Peut-être qu'à cette minute le pauvre garçon
gisait inanimé sur la neige. Pour un mili-
taire entraîné à l'escrime, percer de part en
part le malheureux presque sans défense
n'était qu'un jeu.

En vain j'essayai de lire mon courrier ou
de rédiger une lettre. Ce que je rédigeais
dans ma tête, sans pouvoir y parvenir, c'était
l'horrible télégramme qui allait briser le
cœur de mon vieil ami d'Elbeuf. Quelle fin

13.

atroce, mais aussi quel scandale ! Des obsè-
ques célébrées en l'absence des prières de
l'Église sur le mort tué en duel !...

Dans les journaux, quel tapage ! Mon nom
indubitablement cité, car Fernand n'avait
pu manquer d'être un des témoins... Où
rapporterait-on le cadavre? Chaque fois
qu'on ouvrait la porte je tressaillais d'épou-
vante. N'était-ce pas l'appel funeste près de
la dépouille déjà froide de cet enfant, si
beau et si brave, que son père m'avait
confié?

On n'aura jamais une pitié assez grande
pour mes tortures pendant cette matinée!

Un peu après onze heures, je vis paraître
Thévenin, portant sa boîte d'outils, comme
il l'appelle, et je compris pourquoi Fernand
avait passé par Saint-Cloud la veille. L'air
radieux du docteur me rassura, même avant
qu'il eût ouvert la bouche.

— Tant tués que blessés, annonça-t-il,
nous n'avons qu'un blessé... et c'est *l'autre*.
Tudieu! J'ai assisté à bien des rencontres;
mais je n'ai jamais vu de sang-froid pareil à
celui de notre jeune homme. Quel gaillard!
Fernand déjeune avec lui et le second témoin;
il viendra vous voir tout à l'heure afin de

vous donner tous les détails. Moi je me
sauve. Je ne dirai rien à ma femme, restée
dans l'ignorance complète. Si vous m'en
croyez, faites de même avec la vôtre... pour
plusieurs raisons. Inutile de jouer la scène
du Cid :

> Madame, à vos genoux j'apporte cette épée...

D'ailleurs, Théodore demande le secret
envers tout le monde, à commencer par sa
famille.

J'allai déjeuner au galop, ne voulant pas
manquer Fernand. Il se fit attendre, son
repas ayant été moins frugal que le mien,
selon toute probabilité.

La porte fermée et verrouillée, il me donna
son rapport, que je résume pour ne pas
allonger un chapitre que je ne croyais pas
devoir écrire dans ces Mémoires. Mais avec
Théodore il faut s'attendre à tout.

Après l'exploit de Mouton et l'éloignement des dames, il y eut un échange de
propos tellement désagréables que les choses
ne pouvaient en rester là. Rendez-vous fut
pris pour les témoins le soir même. L'officier demandait qu'on allât vite, car il devait

partir en mission le lendemain. Théodore, non moins pressé, avait signifié à Fernand qu'il écartait toute question d'excuses de sa part, qu'il renonçait à toute discussion sur le rôle d'offensé, de même que sur le choix des armes.

Dans ces conditions la conférence fut courte. Rencontre à l'épée le lendemain, au jour, derrière les tribunes de Longchamp. Thévenin avait reçu le mot d'ordre définitif par exprès.

Fernand, toutes ces dispositions prises, emmena son principal chez lui, décrocha une paire de fleurets et constata non sans terreur que les connaissances de Théodore se bornaient à distinguer la pointe de la poignée. Après avoir appris à tomber en garde, le novice interrompit la leçon.

— J'ai lu, dit-il, que, pour un homme dans mon cas, le mieux est de foncer sur l adversaire au premier signal. Souvent cette surprise produit bon effet.

— L'effet produit sera votre perforation complète et immédiate, si votre homme a du sang-froid, objecta mon fils.

— Oui, mais j'ai vu qu'il en manque, et vous verrez que j'en ai.

Il ne restait plus qu'à dîner et à dormir.
Le lendemain, alors que les masques sortaient du bal, Fernand monta chez Théodore,
qu'il trouva finissant ses ablutions, frais
comme une rose, mais comme une rose bien
décidée à faire sentir ses épines. Le linge,
les vêtements, les chaussures convenables
pour la circonstance furent choisis. Le
landau qui était allé prendre le second
témoin attendait à la porte. Sur le terrain
on trouva le docteur. Deux minutes après
on vit arriver le groupe de l'adversaire.

Celui-ci, nerveux, l'air mauvais, mordait
sa moustache et crispait sa main droite impa-
tiente de serrer le fer homicide. Quant à
notre ami, son air était si calme qu'on
aurait pu le croire un peu trop endormi
pour ce qui allait suivre; mais il se réveilla
soudain à l'ordre donné par le directeur du
combat, et fondit sur l'officier avec la rapi-
dité de l'éclair. Fernand confesse qu'il ferma
les yeux... Quand il les rouvrit, Théodore
venait de rompre avec une habileté instinc-
tive pour éviter la riposte fatale — qui ne
vint pas. Un jet de sang colorait la chemise
de l'adversaire. Après avoir traversé son bras,
le coup furieux avait glissé le long des côtes.

Ses témoins l'assirent sur un banc et
le chirurgien, sa besogne faite, déclara
qu'aucun danger de mort n'existait. Les
combattants se réconcilièrent tant bien que
mal. Toute l'aventure n'avait pas duré dix
minutes. A cette heure matinale de février,
pas un curieux n'avait paru aux alentours.

— Où est-il? demandai-je quand mon fils
eut achevé.

— A son pupitre, comme à l'ordinaire.
J'ai créé un alibi en faisant croire à Despréaux que nous avons dansé toute la nuit,
déguisés en Pierrots, et soupé ensuite avec
des femmes du grand monde qui n'ont pas
voulu quitter leurs masques. Théodora
monte de plus en plus dans l'estime du bon
vieillard; mais il a une peur terrible que vous
ne le flanquiez à la porte. Je vais le chercher.

— Monsieur, dit le coupable en baissant
les yeux, je suis désolé de cette histoire.
Vous savez pourtant que j'ai bon caractère.
Sur quelle herbe avais-je donc marché?
Soyez sûr que la leçon me servira.

Fernand se mit à rire, exprimant l'opinion
qu'elle servirait encore davantage à un autre.

— Ne rions pas, protestai-je. Vous n'avez
pas pensé, mon ami, à la position où je me

trouvais s'il avait fallu communiquer une
fatale nouvelle à votre père, qui vous a
confié à moi!

— S'il vous plaît, monsieur, ne le cha-
grinez pas, même à un degré moindre, en
l'informant que je me suis battu... à cause d'un
caniche. Quel désagrément pour ma famille
si j'avais à Elbeuf la réputation d'un spa-
dassin!

— En ce qui me concerne, répondis-je,
vous pouvez compter sur ma discrétion
absolue envers tout le monde. Mais il y
a votre adversaire, les témoins, les méde-
cins, les journaux...!

Fernand prit la parole pour calmer ces
craintes.

— Les témoins ont donné leur parole
d'honneur d'être muets; les docteurs sont
liés par le secret professionnel. Quant au
blessé, vous pouvez être certain qu'il n'ira
pas se vanter d'une aventure qui le montre
aussi pauvre escrimeur que mauvais cavalier. Allons, Théodore! Prenez courage!
Vous voyez qu'on ne vous flanque pas à la
porte, après tout.

— Non, affirmai-je; toutefois ne recom-
mencez pas. Considérez que le duel est un

reste fâcheux des coutumes barbares du
Moyen âge. Si j'étais le Gouvernement...

Sur cette déclaration de principes à
laquelle je me croyais tenu en conscience, je
serrai, en signe de pardon, la main du péni-
tent, qui retourna faire ses chiffres.

— De tous les hommes que je connais,
prononça sérieusement mon fils quand nous
fûmes seuls, voilà celui auquel je voudrais
ressembler.

L'exagération est un des moins impardon-
nables défauts de la jeunesse.

XXV

En arrivant à Suresnes, je constatai avec
satisfaction que Victorine était à cent lieues
de soupçonner le drame qui s'était déroulé
presque sous ses yeux. De sa fenêtre, avec
une bonne lunette, en se levant matin, elle
aurait pu apercevoir Théodore se coupant là
gorge avec un officier de cavalerie, sur le
pré qui borde la Seine.

Je fus moins satisfait d'apprendre que
Fernand avait apparu dans l'après-midi,
sans donner aucun prétexte à sa visite, et
qu'il avait emmené sa sœur faire une promenade dans son phaéton, ce qui est toujours
un grand plaisir pour elle. Détail à noter,
il était venu sans son groom.

Mais pourquoi ne m'avait-il pas annoncé ce projet en quittant la rue Laffitte, et de quoi avait-il été question dans ce tête-à-tête en rase campagne?

Entre le frère et la sœur l'intimité augmente chaque jour, avec une disposition marquée à faire bande à part. J'ai trop de bon sens pour ne pas me résigner à voir vivre de leur vie propre cette fille de vingt ans et ce garçon de vingt-six. Leurs parents sont pour eux presque des vieillards, ayant le passé derrière eux, tandis que, devant cette jeunesse, l'avenir déroule ses inconnus et ses espoirs. Notre affection reste invariable, mais nous n'avons plus les mêmes idées et ne parlons plus tout à fait la même langue.

Parfois ils me font penser à de bons amis me serrant la main par-dessus la haie qui sépare nos héritages. Et bientôt ce sera pis. Les vaisseaux portant nos fortunes s'écarteront les uns des autres jusqu'à ce que, les nouvelles familles fondées, ils se perdent de vue — ou presque.

Antoinette rentra de l'église où elle avait assisté à l'office du soir après sa promenade. Je crus lire sur ses traits recueillis une expression heureuse. On aurait eu de la peine à me faire croire que Fernand avait gardé avec elle la discrétion tant désirée par Théodore. La citation de Thévenin me revint à l'esprit. L'épée de Rodrigue avait-elle été mise aux pieds de cette inconsciente Chimène? Il est écrit que je ne pourrai jamais avoir l'âme en repos.

J'oubliai un peu cette affaire et les choses reprirent leur train habituel. L'existence me parut meilleure depuis qu'on ne parlait plus de mariages chez moi et autour de moi.

Un fait surprenant ne tarda pas à frapper mon œil observateur ; la saison de la vénerie touchait à sa fin et, chose bizarre, Fernand ne bougeait plus de la capitale. Je lui demandai l'explication de cette infidélité à son sport favori.

— Ma jument de chasse s'est foulé un tendon, me répondit-il. J'ai dû l'envoyer au pré, et ce n'est pas la peine de la remplacer pour une semaine. Ma foi! je m'en console. Paris est fort agréable. Le carême empêche les grandes réunions; mais on se rattrape sur les petites. Et puis il y a le théâtre. En somme, je suis loin de m'ennuyer.

Je ne devais pas tarder à savoir pourquoi

monsieur mon fils trouvait Paris « fort agréable ».

Un mois environ après le dernier dîner infructueux de Saint-Cloud, il entra dans mon cabinet l'œil brillant et la mine réjouie. Son embrassade fut un peu plus longue et plus solennelle que d'habitude. Je devinai qu'il avait à me dire quelque chose de sérieux.

— Père, commença-t-il, vous m'aimez bien, n'est-ce pas? Et vous avez confiance dans mon jugement?

— Tu connais mon affection, répondis-je. Quant au jugement, permets que je distingue. Il est des meilleurs sur la plupart des questions. En matière d'argent — et je prévois que nous allons en parler — nous poserons quelques réserves, si tu veux bien.

— L'argent ne fait pas le bonheur de la vie, prononça-t-il avec une conviction ardente.

— Tu es bien dégoûté, répliquai-je. Mais alors qu'est-ce qui fait le bonheur de la vie?

— Une femme bonne, distinguée, belle, que l'on aime et dont on est aimé.

— On ne saurait dire mieux, approuvai-je.

Puis, voulant plaisanter, malgré une certaine inquiétude :

— Nous allons prier madame Thévenin de dénicher cet oiseau rare.

— Papa, ne dérangeons personne. Prenez la peine de vous déranger vous-même et d'aller voir tantôt la baronne de Longepierre, qui ne sort jamais avant trois heures.

— Pour lui dire quoi?

— Pour lui demander la main de sa fille, s'il vous plaît.

— Tu es fou! Laisse-moi le temps de réfléchir. On ne marie pas son fils sans se renseigner à fond sur la future.

— Ne vous êtes-vous donc pas renseigné quand il s'agissait de Théodore, le fils de votre meilleur ami?

— Oui, mais tu es plus que le fils de mon meilleur ami. Pour ne mettre en avant qu'une seule objection : cette demoiselle n'a pas le sou. Tu t'imagines peut-être que j'ai travaillé toute ma vie dans le but de lui procurer la fortune qui lui manque?

— Vous avez travaillé toute votre vie pour le bonheur de vos enfants. Il vous suffit de faire un geste pour assurer le mien.

— Tu parles d'un geste? Es-tu donc déjà

certain du consentement de la mère et des
sentiments de la fille, — et même des tiens?

— Écoutez mon histoire. Après ce dîner
chez les Thévenin, j'étais amoureux autant
qu'un homme peut l'être. Heureusement, ce
brave Théodore l'était beaucoup moins et
m'a laissé le champ libre, sans quoi je me
serais vu dans l'obligation de le tuer. Pour
ne pas mentir, j'ai été fort assidu chez ces
dames, depuis un mois.

— C'est pour cela que ta jument s'est
foulé un tendon?

— Parole d'honneur, elle boite! Enfin, je
suis le plus heureux des mortels. Marguerite
et moi nous sommes juré d'être l'un à l'autre,
même s'il fallait attendre dix ans. Allons,
papa! Soyez gentil. La baronne sera chez
elle jusqu'à trois heures.

Pour n'être pas étonné de ce qui va suivre,
il faudrait connaître Fernand et l'énergie de
sa volonté. Je suis obligé de convenir qu'elle
est plus forte et surtout plus entraînante
que la mienne. Je le voyais dominé par une
passion, d'ailleurs facile à comprendre, et je
savais à n'en pas douter qu'il épouserait
Marguerite de Longepierre, même s'il fallait
me passer sur le corps, autrement dit me

faire des sommations respectueuses. A quoi
bon en venir à une brouille, avec la perspective certaine d'avoir Victorine contre moi?
Et puis, vraiment, c'est bien commode de
marier son fils avec si peu de fatigue et, en
réalité, sauf l'absence de dot, nul ne pouvait
me blâmer sur le choix (?) de ma belle-fille.

Donc, je cédai, avec une promptitude qui
me surprend encore quand j'y pense. Toutefois, voulant établir les droits de mon autorité paternelle, j'adressai à Fernand ce petit
discours final :

— Mon cher ami, je ne peux pas te dissimuler que, laissant de côté le fond de
l'affaire, je proteste contre la forme. Ce
n'est pas ainsi que les unions s'arrangent
dans nos familles. Celle-ci sera-t-elle heureuse? Dieu le voudra, j'espère. S'il en est
autrement, tu ne pourras me faire aucun
reproche. Je ferai ce que tu désires. Embrassons-nous.

Il faillit m'étouffer et partit en courant.
Je le rappelai.

— Au moins, lui dis-je, apprends-moi où
demeurent ces dames.

J'ignorais l'adresse de la fiancée approxi-
mative de mon fils!

L'entrevue, pour parler en toute justice, augmenta encore la bonne impression que m'avait laissée madame de Longepierre. Non moins charmante qu'à Saint-Cloud, elle fut la simplicité même dans son intérieur modeste, mais dont les moindres détails montraient une femme d'un goût raffiné. Au surplus, il me fut agréable d'entendre de sa bouche presque la répétition de mon discours à Fernand.

— Monsieur, dit-elle, j'attendais votre visite, et j'imagine qu'on vous a ôté toute incertitude sur son résultat. Nos enfants éprouvent l'un pour l'autre une inclination qui remonte à leur première rencontre. Votre fils, dont j'ai pu étudier le caractère, m'inspire une entière confiance. S'il n'en eût pas été ainsi, vous jugez bien que ma porte ne lui fût pas restée longtemps ouverte. Sans doute vous êtes surpris, comme je le suis moi-même, de voir un mariage se faire tout seul. Que voulez-vous? A l'âge mûr il faut nous résigner au changement des habitudes de notre jeunesse. Nous en verrons bien d'autres. Mais qu'importe si cette union s'est arrangée en dehors de nous? L'essentiel, c'est le bonheur de nos enfants, et tout

nous permet de l'espérer, avec l'aide de
Dieu.

Elle fit venir sa fille et, sans parler, car
j'étais ému, j'embrassai la plus belle personne que j'aie non seulement embrassée,
mais aperçue de ma vie.

— Mademoiselle, dis-je enfin, mon fils est
né sous une heureuse étoile. Comment a-t-
il fait pour trouver grâce devant vos yeux?

— Ah! ce n'a pas été sans peine, me
répondit-elle avec un sourire qui disait le
contraire. N'est-ce pas, maman?

— Ajoute que j'ai tenté l'impossible pour
l'empêcher, plaisanta l'aimable femme.

J'aurais pu m'en aller là-dessus. Quand je
pense que je m'étais effrayé souvent à la
prévision de la fatigue et du trouble que
me causerait le choix d'une belle-fille! La
baronne, toutefois, ne perdait pas la tête et
me pria tout d'abord avec une charmante
politesse de l'excuser auprès de ma femme
si elle n'allait pas immédiatement lui présenter la jeune fiancée.

— Vous comprendrez, dit-elle, le devoir
imposé par ma situation de solliciter l'assen-
timent de l'Impératrice. Veuillez donc garder
la plus absolue discrétion jusqu'au jour où

14

cette formalité de simple étiquette aura eu
lieu.

« Bigre! pensai-je; nous ne sommes pas
dans la petite bière! Me voilà presque
l'égal de Sa Majesté, puisque son consentement doit ratifier le mien. »

Le secret fut juré et je quittai ces dames,
voulant arriver à Suresnes plus tôt qu'à
l'ordinaire, porteur d'une nouvelle qui allait
déconcerter Victorine, malgré l'impassibilité
dont j'avais souvent fait l'expérience. Mais
Fernand était arrivé avant moi.

La mère, le fils et la fille étaient réunis,
moitié riant, moitié pleurant de bonheur.
Une fois de plus on venait de me couper
l'herbe sous le pied. Il ne me restait plus
rien à faire, sauf à embrasser tout le monde,
ce que j'exécutai avec la bonne grâce qui
m'est ordinaire, quand je me trouve en face
d'un fait accompli.

— Comme ils sont heureux! soupira
Antoinette avec une sorte d'envie que je
remarquai.

— Patience! lui conseillai-je. Ton tour
viendra. Laisse-moi en finir avec la grosse
besogne du mariage de ton frère. Ensuite
on s'occupera de vous, mademoiselle.

J'entendis un nouveau soupir, que j'interprétai comme la promesse d'être patiente et de se confier à ma sollicitude paternelle.

— Maintenant, ajoutai-je avec un petit chatouillement d'orgueil, il s'agit d'être muets comme des tombes jusqu'au jour où l'Impératrice aura donné son adhésion à mon consentement.

— J'espère qu'elle donnera autre chose, insinua Victorine, qui est positive à ses heures.

Madame et mademoiselle de Longepierre ne furent pas longues à nous faire leur visite officielle, la gracieuse souveraine ne s'étant pas montrée plus intraitable que moi et, dès lors, les événements marchèrent avec une facilité si grande qu'un court chapitre suffira pour en noter le cours.

XXVI

Le lendemain nous allâmes à Saint-Cloud, ma femme, ma fille et moi, pour faire part officiellement du mariage aux Thévenin. Simple démarche d'amitié, car madame de Longepierre avait déjà pris ce soin, comme il fallait s'y attendre. Nos amis étaient radieux et ne tarissaient pas sur les avantages de cette union.

— N'est-il pas curieux, dis-je au docteur, que votre dîner, d'où devait sortir le mariage de Théodore, ait amené celui de Fernand?

Il me répondit :

— Cela fait penser à l'histoire de certain

souffleur, mécontent de l'organiste qui avait
exécuté un *Te Deum*, alors que son assis-
tant avait cru lui pomper un *Tantum ergo*.
Nous passons notre vie à souffler, nous
autres humains; mais c'est l'artiste d'en
haut qui touche les notes. Je suis sûr que,
dans l'occasion, nous entendrons une belle
harmonie. Au surplus, ajouta-t-il en souriant à ma fille, je suis tout prêt à souffler
encore, s'il en est besoin.

— Pour le moment, répondit Antoinette,
vous n'avez qu'à vous reposer, monsieur le
souffleur.

— Hélas! soupira ma femme, moi je ne
me reposerai guère d'ici à quelques semaines.

Nous rendîmes leur visite à mesdames de
Longepierre. Pendant que les grandes personnes causaient, les jeunes filles s'éclipsè-
rent pour bavarder, comme si déjà elles
eussent été amies intimes. Quand elles
revinrent, la baronne fit cette remarque :

— En vérité, elles semblent aussi
heureuses l'une que l'autre. C'est à ne pas
savoir laquelle des deux va se marier.

L'incertitude se dissipa d'ailleurs bientôt,
car on se mit à parler de la corbeille, et

14.

je savais qui allait payer les notes. La belle
Marguerite exigea une simplicité de bon
goût. Elle ajouta en riant :

— Mon futur et moi avons eu hier notre
première dispute. Je lui ai défendu de se
ruiner chez la fleuriste. On ne m'a pas
élevée dans l'extravagance.

Aimable enfant! Puisse-t-elle se maintenir
dans cette bonne voie!

Restait la question du trousseau, lourde
charge pour une mère si près de ses pièces.
Mais celle-ci calma les craintes que nous ne
pouvions exprimer : l'Impératrice avait
promis d'y pourvoir.

C'était après tout un bon parti que Marguerite de Longepierre.

Quand nous prîmes congé, la baronne
nous annonça qu'elle se rendait aux Tuileries afin de recevoir les ordres de Sa Majesté
pour la présentation indispensable.

Je sentis une petite vague chaude courir
dans mes veines, et expirer sur mes joues
soigneusement rasées. Déjà je me voyais
courbé jusqu'à terre pour les trois saluts
d'étiquette. Faudrait-il, comme conséquence,
me montrer à la Cour quelquefois?...

Vaine inquiétude! Aux paroles qui sui-

virent, je découvris que Fernand serait présenté tout seul. Je fus un peu froissé, comme
tout le monde l'eût été, on l'admettra. Ma
place n'était-elle pas à côté de mon fils dans
la circonstance? Mais je ne pouvais pas me
brouiller avec l'Impératrice sur une simple
nuance de procédés, qui, d'ailleurs, sembla
passer inaperçue aux yeux de ma famille.

J'attendais avec impatience ma prochaine
rencontre avec Vaugrenier pour l'étonner
par cette grande nouvelle. Encore un effet
manqué à inscrire sur la longue liste!

— Mon cher, dit-il tranquillement, j'ai ma
police au Palais, chose nécessaire au directeur d'un journal comme le mien. J'étais
informé depuis quelques jours. Mais je n'ai
rien osé vous dire par crainte d'une seconde
algarade. Je n'ai pas oublié celle que m'a
value Théodore. Mes plus sincères félicitations. C'est magnifique..

Nos mains s'étreignirent avec effusion. Il
continua, goguenard :

— Vous trouviez Cantagrel trop beau, et
une belle-fille comme celle-là ne vous fait
pas peur? Si vous voulez en croire un
homme bien renseigné, conseillez à votre
fils de ne pas la mener à la Cour.

— Elle n'y va jamais.

— Précisément. Mieux instruit des potins
du lieu, vous sauriez qu'une haute et puis-
sante dame a recommandé à la baronne de
laisser sa fille à la maison. Et vous n'êtes
pas, j'imagine, de ces courtisans du dix-hui-
tième siècle qui fermaient les yeux sur les
succès retentissants et profitables des femmes
de leur nom?

Je m'indignai comme il convenait de ce
langage; mais, puisque j'ai promis de
m'examiner toujours moi-même avec impartialité, la pensée que l'Impératrice pouvait
être jalouse de madame Fernand Lecerteux
ne me fut pas aussi désagréable qu'elle
aurait dû l'être. Ainsi mon nom, si je n'y
prenais garde, risquait de figurer sur les
Mémoires Secrets du Second Empire!....

J'affectai néanmoins de rester le même
avec Vaugrenier, bon garçon et pas fier.
Même attitude envers Théodore qui félicita
son ami, sans aucune apparence de jalousie
pour la conquête brillante que lui-même
n'avait pas su saisir.

Ma lettre à Cantagrel père fut, je crois
pouvoir m'en flatter, un modèle de tact.
L'union qui venait de se conclure ne chan-

geait en rien notre amitié, et je lui en donnai
la cordiale assurance. Mais, d'après les
détails que je fis ressortir en toute lumière,
il était trop intelligent pour ne pas comprendre que nos familles n'appartenaient
plus tout à fait au même rang social. L'idée
de faire entrer Théodore dans la mienne
tombait de soi. Il le reconnut sans doute,
et sa réponse ne m'apporta qu'une sincère
félicitation, sans arrière-pensée. Le moment
venu, je ne manquai pas de l'inviter à la
noce.

La corbeille fut choisie après d'innombrables tournées dans les magasins de Paris,
dont ma femme rentrait fourbue. Encore que
la simplicité fût grande, paraît-il, Despréaux
avait de la besogne avec les factures affluant
à son guichet. Mais pas une seule fois je ne
l'entendis grogner. Il adorait Fernand. Pour
équiper la jeune fiancée, il aurait vidé ma
caisse jusqu'au dernier sou, sans mot dire.

Contrairement à l'usage, la baronne avait
exprimé le désir que la cérémonie fût célébrée dans mon église. En raison de son
veuvage, elle n'avait envoyé aucune invitation officielle.

— Autrement, avait-elle dit, je devrais

convoquer cinq cents personnes. Bornons-
nous à la proche parenté et aux amis les
plus intimes. Je pense que vous m'approu-
vez.

Tout le monde l'eût approuvée à ma place.
Néanmoins, pour les préparatifs de tout
genre qui s'imposaient, la besogne était
considérable. Heureusement, Victorine eut
la bonne idée de réquisitionner les services
de Théodore. Avec lui et Antoinette, comme
aides de camp, la maîtresse de maison accom-
plit sa tâche d'une façon qui nous fit honneur.

Entre temps nous apprîmes que l'Impératrice faisait bien les choses. La mariée avait
reçu un admirable collier de perles. Mon
fils était nommé lieutenant de vénerie, avec
résidence à Fontainebleau.

Moi-même, je n'étais pas oublié.

Un certain soir, je trouvai sous ma ser-
viette un écrin et une enveloppe ministé-
rielle. Du premier je retirai la croix de la
Légion d'Honneur. L'enveloppe contenait
le brevet de chevalier avec ce « motif » que
toute la France devait lire le lendemain à
l'Officiel :

« Lecerteux (Casimir). Trente années de
services rendus au commerce et à l'indus-

trie, dans l'établissement financier qu'il
dirige avec habileté et dévouement. »

On dira tout ce qu'on voudra : ces attentions font plaisir, surtout quand on n'a rien
sollicité. Tandis que, deux ou trois jours
plus tard, je montais la nef de notre église
au bras de la baronne de Longepierre,
j'avoue que, malgré mon émotion, je lou-
chais un peu à gauche, sans pouvoir m'en
empêcher, afin de constater le bon effet du
ruban rouge à la boutonnière de mon habit.

On n'attend pas un compte rendu de la
messe, ni de la musique, dont Costenoble
s'était chargé, ni de l'homélie à laquelle je
pardonnai d'être longue, parce qu'elle dis-
tribua des éloges discrets à ma personne et à
ma famille. Théodore quêta avec Antoinette.
La jeune épouse fut éblouissante de beauté.

Ma salle à manger suffit à peine pour
donner place aux convives, encore que le
nombre en fût réduit à l'indispensable. Les
Thévenin n'étaient pas peu fiers d'avoir *fait*
ce mariage. Vaugrenier porta un toast qui
avait des prétentions à l'épithalame, avec la
banalité ordinaire de ces productions. Cantagrel était venu, apportant un cadeau géné-
reux.

Enfin les mariés partirent à destination d'Italie, effrayants de bonheur, si l'on peut employer cette expression. Théodore se retira le dernier avec son père, qui promit de me voir le lendemain, rue Laffitte, avant son départ pour Elbeuf.

Et je restai seul, entre ma femme qui avait les yeux rouges, et ma fille que je m'étonnai de ne pas voir plus triste.

Il faut des choses bien graves pour attrister la jeunesse.

XXVII

Mon ami Cantagrel parut de bonne heure dans mon cabinet; son fiacre et sa valise l'attendaient à la porte. Il avait quitté, avec son costume de cérémonie, l'air compassé et « mondain » obligatoire pour l'imposante journée de la veille. Même je retrouvai en lui cette jovialité roublarde, ces manières « bon garçon » qu'un Normand exagère encore, le moment venu d'entamer une affaire. Je me méfiai, et l'on va voir que je n'avais pas tort. Installé dans un fauteuil, il tira sa montre et s'excusa d'être obligé de causer vite, l'heure du train le talonnant.

— Casimir, dit-il, vous connaissez le pro-

15

verbe : « Jamais un sans deux. » Hier nous
avons marié votre fils, et ce furent de belles
noces, sans vous flatter. Maintenant, c'est
au tour de votre fille.

— Oui; répondis-je, feignant de ne pas
comprendre; mais rien ne presse. Vous
admettez qu'ayant si bien réussi pour Fernand, je devienne ambitieux pour Antoinette.

Sans se déferrer, il saisit la transition avec
un art remarquable.

— Votre ambition, je suppose, consiste à
trouver pour votre fille un mari qui l'aime et
qui la rende heureuse. Voilà pourquoi je
vous demande sa main pour Théodore.

Je déteste ces surprises, même quand
il s'agit de choses moins graves. J'articulai
ma réponse invariable en pareil cas, surtout
quand je suis décidé pour la négative.

— Très honoré, mon cher Cantagrel.
Permettez que je vous demande quelques
jours de réflexion.

Il s'esclaffa d'un gros rire sonore.

— Voyons, compère, ce n'est pas sérieux.
Que diantre! vous avez eu le temps de réfléchir depuis septembre dernier. Vous savez
bien que je ne vous ai pas envoyé mon jeune
homme dans l'espérance qu'il moisira sur

votre rond de cuir. Vous avez pu l'étudier à
votre aise, et vous êtes parfaitement libre de
repousser mon offre. En ce cas, comme votre
plus ancien ami, j'ai le droit de connaître
vos raisons.

Je répondis, de plus en plus vexé d'être
mis au pied du mur comme un novice :

— En effet, je l'ai étudié dans ses rapports
avec ma fille, et j'ai constaté, sans aucun
reproche, bien entendu, qu'il ne lui accorde
pas d'attention... spéciale.

— Vous ne connaissez pas le garçon. Il
est à la fois timide, respectueux et fier.
Sachez qu'il en tient pour votre fille Antoinette depuis leur première rencontre. Mais
il n'avait reçu d'elle aucun de ces encoura-
gements, même très légers, que devinent
les amoureux. C'est alors que, dans la
pensée qu'un sentiment nouveau pourrait
lui faire oublier une première inclination
malheureuse, je lui ai conseillé de pousser
sa pointe du côté de certaine demoiselle.
M'est avis qu'il ne l'a pas poussée bien
fort.

J'avais dressé l'oreille à une phrase de
cette tirade :

— Vous dites *qu'il n'avait pas reçu d'encou-*

ragement. L'a-t-il donc reçu maintenant?

— Les secrets des autres ne sont pas les miens. Faites votre enquête; c'est ma seule demande et peut-être aussi votre devoir. Assez pour aujourd'hui : le train n'attend pas. Voulez-vous permettre que Théodore m'accompagne à la gare?

Je permis d'autant plus volontiers que je préférais n'avoir pas sous la main l'éternel ennemi de mon repos.

Cantagrel n'était pas homme à parler à la légère, et le conseil donné par lui d'ouvrir une enquête n'était que trop sage dans l'occasion. Je connaissais ma fille assez pour ne pas craindre qu'elle eût « encouragé » d'une façon coupable. Mais avait-elle commis quelque étourderie compromettante, me livrant au pouvoir de Théodore? La mémoire me revint. Une gaieté, nouvelle chez lui non moins que chez Antoinette, avait éclairé leurs physionomies depuis qu'il avait été question du mariage de Fernand. Devais-je admettre que leur seule affection d'ami et de sœur les transfigurait à ce point? Si Antoinette s'était oubliée jusqu'à favoriser un commencement d'intrigue, elle pouvait s'attendre à être tancée vertement. Et, quant à Théodore, son compte ne serait pas long.

Vaugrenier me rejoignit dans le train et s'aperçut que je n'étais pas dans mon assiette. Trompé, comme il était assez naturel, sur la cause de mon désarroi :

— Pauvre vieux ! fit-il, oubliant son état de célibataire, nous passons un mauvais quart d'heure quand nos enfants s'éloignent. Mais c'est la marche des générations : il faut nous soumettre. Observez toutefois que Fernand avait déjà organisé sa vie un peu en dehors de la vôtre. Le changement vous paraîtra moins dur. Et puis, enfin, il vous reste une fille qui est un trésor. Gardez-la près de vous, mon ami; c'est la seule chose à faire. Vous l'adorez, sous votre air parfois bourru. Sans elle vous seriez vite mort de chagrin. Mais, avec votre fortune, vous n'aurez pas de peine à trouver un gendre heureux de vivre sous votre toit. Et j'irai voir, de temps en temps, si vous savez bien faire danser vos petits-enfants sur vos genoux.

Ce discours, peu attendu de la bouche de Vaugrenier, me toucha au point faible. J'avais les yeux humides : il s'en aperçut.

— Pauvre ami ! fit-il encore.

Nous ne parlâmes plus guère jusqu'à la descente du train.

L'heure était venue de refouler mon émotion ét d'entrer dans mon rôle de père justicier. Encore un dîner sans appétit, avec une conversation distraite sur l'événement de la veille! Devant les domestiques il était impossible d'entamer le sujet qui m'étouffait.

Enfin, je pus aborder la question :

— Antoinette, tu ne m'as jamais menti. J'espère que tu ne vas pas commencer ce soir?

— Je n'ai aucune envie ni aucune raison de le faire, dit-elle, en levant ses yeux clairs sur les miens.

— S'est-il passé.... quelque chose dé nouveau entre toi et Théodore pendant les dernières semaines?

— Oui, papa.

— Je veux entendre ta confession complète.

— Vous vous souvenez peut-être qu'on a joué aux « petits papiers » pour finir la soirée, après le dîner de Saint-Cloud? Monsieur Théodore a écrit sur son billet quelques mots qui... n'étaient pas pour le jeu, mais qui étaient pour moi. Il me l'a donné sans être vu.

— Que disaient ces mots?

— Les voici, papa.

Elle tira de sa poche le billet en question
qui, en effet, n'était pas pour le jeu. Il ne
contenait que trois mots, à peine lisibles :
la main de Théodore, calligraphe d'ordinaire, avait tremblé. Mais je n'eus pas
besoin de mettre mon lorgnon : les trois
mots n'étaient pas difficiles à deviner.

— Et tu as gardé cette impertinente déclaration?

— Je ne pouvais pas la rendre au cours
de la partie. J'ai peut-être eu tort de n'avoir
pas l'air assez fâchée....

— Et alors?

— Alors, pendant les fêtes du mariage de
mon frère, nous nous sommes vus souvent.
Un jour, il m'a reproché de n'avoir pas eu
un geste d'inquiétude au moment de cette
discussion au Bois de Boulogne, dont je
pouvais prévoir la suite, et qu'il avait sou-
levée dans le seul but de m'éprouver. Moi, je
lui ai fait le reproche d'avoir voulu épouser
Marguerite de Longepierre. Bref, de fil en
aiguille, nous nous sommes juré d'être l'un
à l'autre — ou de n'être à personne.

Je croyais entendre son frère me racon-

tant les vœux éternels échangés avec sa
future. On aurait dit que mes enfants sont
affligés d'une maladie de famille. Ce n'est
pas de moi pourtant qu'ils la tiennent! Je
demandai avec indignation :

— Trouves-tu que cette conduite n'est pas
déshonorante?

— Marguerite ne s'est pas crue désho-
norée pour avoir fait la même chose. Elle
m'a tout confié.

— La situation était toute différente.

— En quoi, papa?

Je fus embarrassé pour répondre. La différence consistait dans les sommations respectueuses, certaines du côté de mon fils,
nullement à craindre du côté de ma fille. Ma
dignité s'opposait à cette admission. Je
coupai court :

— Enfin, si tu as commis une folie, tant
pis pour toi. Je refuse, et voilà tout. Que
vas-tu faire maintenant? Entrer au couvent,
sans doute?

— Non, papa. Je resterai près de vous,
vieille fille. Rien ne nous séparera jamais.

— Belles paroles! Si j'avais consenti à
ton mariage avec Théodore, il aurait bien
fallu nous séparer.

— Oh! non! Avant de lui faire ma promesse, j'avais exigé la sienne : qu'il me
laisserait près de vous. Je n'aurais pas
accepté un prince voulant m'emmener.
Papa, mon cher petit papa! Nous avons
toujours été si heureux ensemble! Et cependant vous n'avez jamais tout à fait compris
combien je vous adore! Je ne pourrais pas
vivre sans vous.

Ma femme, qui n'avait pas dit un mot
depuis le commencement de la scène,
sanglotait un peu dans son mouchoir.
Je me mis à pleurer comme un pauvre
vieil imbécile. Antoinette, à genoux, touchait de ses mains douces mes yeux qu'elle
fermera un jour. Théodore avait gagné la
partie.

— C'est bien, dis-je en reprenant ma con-
tenance ferme. Il viendra ici demain, et je
lui ferai connaître ma décision.

— Je n'ai pas peur, affirma Antoinette
en m'embrassant d'un côté, pendant que sa
mère m'embrassait de l'autre.

La soirée qui suivit fut la meilleure de ma
vie.

Le lendemain matin, je fis comparaître
Théodore, avec l'intention de me venger de

15.

ma défaite en lui infligeant quelques heures d'angoisse.

— J'ai à vous parler sérieusement, lui intimai-je, la physionomie glaciale et les sourcils froncés. Nous ne pouvons pas le faire dans ce bureau. Venez tantôt me trouver aux Glycines, où je retourne tout à l'heure.

— Je suis à vos ordres, répondit le coupable, qui n'en menait pas large, comme on dit à Elbeuf.

Rentré à Suresnes pour déjeuner en famille, je ne fus pas long à voir comparaître Théodore. Il faisait réellement peine à regarder. Nous étions seuls. J'avais consigné Antoinette dans le petit salon. Au premier coup d'œil jeté sur elle, mon futur gendre se fût senti plus que rassuré.

— Jeune homme, articulai-je d'une voix solennelle, vous avez trahi ma confiance, après l'avoir acquise par une rouerie dont vous êtes sans doute fier.

— Je ne vois pas, balbutia-t-il....

— Veuillez ne pas m'interrompre. Votre feinte indifférence à l'égard de ma fille m'a trompé, comme elle a trompé tout le monde. N'étant pas surveillé ainsi que vous auriez dû l'être, vous en avez profité pour nouer une intrigue avec elle. Qu'avez-vous à répondre?

— Ma rouerie, plaida-t-il tristement, fut de l'aimer dès la première minute. Elle jouait avec son chien et ne m'a même pas regardé. Quand nous faisions de la musique ensemble, c'était à peu près la même chose. Alors, par différents moyens, j'ai tâché de voir si j'étais pour elle autre chose qu'un inconnu, mêlé à sa vie pour un temps, destiné à n'y laisser aucune trace. Vous n'avez pas oublié ce dîner de Saint-Cloud qui amena le mariage de Fernand? Ce soir-là, j'ai cru discerner.... ce que je cherchais depuis de longs mois. Alors je me suis risqué : telle fut ma rouerie. Connaissant aujourd'hui le cœur de celle que j'aime, j'ai la présomption de croire qu'elle a cherché à vous fléchir. Puisqu'elle n'a pas réussi, un seul parti me reste à prendre : retourner à Elbeuf demain, laissant ici ma reconnaissance pour les bontés dont je fus l'objet.

— Vous vous résignez bien facilement, il me semble?

— Monsieur, dit-il en me regardant pour la première fois avec colère, n'augmentez

pàs l'amertume de cet adieu par une parole
injuste. Vous ignorez ce que cache ma rési-
gnation.

— Antoinette, criai-je, tu peux venir!

Théodore perdit sa belle assurance en
voyant paraître ma fille escortée de sa mère.
Il n'osait bouger, ne sachant que croire.

— Je vous la donne, prononçai-je. Mais
écoutez-moi bien, et rabattez votre orgueil.
Ce n'est pas pour toutes les qualités dont
vous êtes pourvu que je vous l'accorde.
C'est parce que vous avez promis de ne pas
l'emmener.

Sans paraître offensé, il leva la main pour
répéter le serment :

— Ah! je vous le jure! Vous l'aurez tout
comme avant. Rien ne sera changé dans
notre vie. Le matin, nous irons ensemble
rue Laffitte; nous reviendrons ensemble le
soir. Ce sera le bonheur parfait.

J'avoue que je partageais cette opinion.
Le grand mot fut dit :

— Théodore, embrassez votre fiancée.

Il obéit, et nous eûmes notre tour, ma
femme et moi. Quand l'effusion fut un peu
calmée, j'insinuai qu'il voudrait sans doute
aller voir son père dès le lendemain, pour

lui annoncer l'événement heureux. Mais Théodore est plus fort que moi. Il reprit son calme et répondit en souriant :

— Je n'aurai pas besoin d'aller à Elbeuf. Mon père n'est pas parti ; je l'ai prié d'attendre vingt-quatre heures. En ce moment il fait les cent pas devant votre porte.

Cette assurance me vexa un peu, et je le fis sentir :

— Vous étiez donc bien sûr d'une réponse favorable? Sachez qu'hier à pareille heure, j'étais décidé à vous refuser Antoinette.

— Voilà encore une occasion où je suis mal compris et mal jugé, soupira cette victime. Voulez-vous suivre mon raisonnement? De deux choses l'une : j'étais refusé, ou accepté. Dans le premier cas, bien que n'ayant pas le moral moins fort qu'un autre, je prévoyais le besoin de m'appuyer sur l'épaule de mon vieux papa et de l'avoir avec moi, demain matin, pendant le trajet du retour chez nous.

Je vis Antoinette frémir à la pensée d'une telle catastrophe. L'orateur s'interrompit pour la remercier du regard; puis il continua :

— Si j'étais accepté, je désirais que mon

bonheur fût partagé le plus tôt possible par le meilleur ami que j'aie en ce monde.

Je quittai ma chaise pour aller relever le pauvre Cantagrel de sa faction. Et je me dis, en traversant ma cour, que mon gendre avait la tête solide et serait de taille à me remplacer lorsque, l'âge venu, je ferais graver son nom en bas du mien sur la plaque de marbre de ma banque.

Je crois inutile de prolonger davantage ces Mémoires. Ils ne m'ont pas toujours amusé à écrire autant que j'y comptais. Du moins ils finissent bien, et j'en remercie Dieu.

LOIN DES YEUX

PRÈS DU CŒUR

PROVERBE EN VERS

PERSONNAGES

LA MARQUISE, châtelaine normande. 30 ans. Grande distinction.
LA BARONNE (noblesse récente). 30 ans. Un peu affectée et vulgaire.
LE DOCTEUR. 60 ans. Type du médecin de province. Spirituel et fin.

La scène se passe dans le salon de la Marquise, en Normandie, de nos jours.

SCÈNE PREMIÈRE

LA MARQUISE, LA BARONNE, entrant pour faire
une visite.

LA MARQUISE.

Comment, voisine! encor Normande
Au vingt mars? Ma surprise est grande.
Vous n'êtes donc pas à Paris?
Que doivent penser les amis
Qui vous attendent? Ils vont croire
Que, pour quelque faute bien noire,
Dieu vous ferme le Paradis!

LA BARONNE.

Ah! Je sais maintenant ce qu'est le Purgatoire,
Et vous avez une âme en peine devant vous.

LA MARQUISE.

Mais qui vous retient parmi nous,
Puisque c'est une pénitence?

LA BARONNE.

Un procès qui n'en finit pas. Vos chicanous,
Dignés de leur pays, retardent la sentence.

LA MARQUISE.

Vous en voulez fort aux Normands!
Mais le réveil de la Nature,
Le charme de notre printemps
Vous consoleront, j'en suis sûre.

LA BARONNE, ironique.

Vous avez conservé la jeunesse de cœur!

LA MARQUISE, de même.

Hélas! J'ai trente ans, chère amie!
Je suis vieille à vous faire peur,
N'est-ce pas? C'est que j'ai l'horreur

Elle sourit.

De cet art de rester jolie
Dont on recommande l'emploi,
Et qu'on pratique.... autour de moi.
Oui : c'est ridicule peut-être;
Mais lorsque j'ouvre ma fenêtre
Au matin, l'air tout parfumé
Encor comme à quinze ans m'enivre;
Je me sens heureuse de vivre.
Le gazon, de fleurs parsemé,
A chaque brin porte une perle
De rosée, et j'entends le merle
Qui siffle dans l'arbre voisin.

LA BARONNE.

Moi, j'entends le sifflet de la locomotive.
Dire qu'il est des gens qui vont prendre le train!...

J'évite d'y penser; mais, s'il faut que je vive
Un mois de plus ici, je mourrai de chagrin.

LA MARQUISE.

Que vous aimez peu la Nature !

LA BARONNE,

Pardon ! j'aime beaucoup la Nature... à Paris.

LA MARQUISE.

Paris a-t-il cette verdure ?

LA BARONNE.

Les lilas blancs y sont depuis janvier fleuris.

LA MARQUISE.

Paris a-t-il ces promenades
Dans la forêt, le long de l'eau ?

LA BARONNE.

Vos bois et leurs bourbiers me semblent fort maussades ;
Vous ne me direz pas que le chemin est beau ?
J'ai tenté l'autre jour de le suivre en voiture,
Et l'un de mes chevaux est revenu boiteux.
Mon coupé dans l'ornière a laissé sa peinture.
Tout cela pour ne voir, en ce désert affreux,
Qu'un berger dégoûtant, et son troupeau qui pue,
Ou quelque laboureur traîné par sa charrue,
Plus bête que son chien, plus sale que ses bœufs.

LA MARQUISE.

Ce qu'il vous faut, petite dame,
C'est le Bois et ses cavaliers,
Ses trottoirs et son macadame,

Et son peuple de cantonniers.
Mais ne soyez pas si sévère
A l'égard de nos bonnes gens.
Sans eux vous n'auriez pas, ma chère,
Votre pain ni vos vêtements!

LA BARONNE.

Tout de même, c'est la dernière fois, j'espère,
Que mars me trouve encore au milieu de vos champs.
Sous mes rideaux, la nuit, fiévreuse je m'éveille;
La voix du cher Paris murmure à mon oreille :
« Ne tarde pas. La vie est courte. Je t'attends! »
Hélas! Paris me reconnaîtra-t-il? Je laisse
Rougir mes mains; ma taille a disparu; j'engraisse!

LA MARQUISE.

Il faudrait marcher un peu plus.

Le docteur, entrant sans être vu, approuve de la tête.

LA BARONNE.

Ah! vos chemins! Je les ai que trop parcourus,
J'ai des ampoules. Tous mes souliers sont perdus.
Croiriez-vous que mon chien Rigolo se refuse
A me suivre dans cette horrible humidité?

LA MARQUISE.

Mettez des sabots : moi j'en use.

LA BARONNE, dédaigneuse.

L'exemple est beau; mais permettez que je m'excuse.
Pour nous, nobles, le soin de notre dignité
Doit passer même avant notre commodité.

LA MARQUISE, à part.

« Nous nobles » est fort! Son grand-père
A fait fortune dans les peaux !

LA BARONNE.

Le baron mon mari, je crois, n'aimerait guère
Me voir, ainsi qu'une gardeuse de troupeaux,
Patauger en sabots, quand je vais à l'église.
Vous semblez n'être pas de mon avis, marquise?

LA MARQUISE, outrée.

Nos maris ont toujours raison.
Je ne juge point le baron.
Mais vous connaissez, j'imagine,
Un homme qui, dans sa vitrine,
Montrait fièrement des sabots
Autour desquels ces simples mots,
Rappelant son humble origine,
En lettres d'or étaient écrits :
« Je les avais aux pieds quand je vins à Paris ».

Le Docteur paraît s'amuser énormément de ce dialogue.

LA BARONNE, furieuse.

Quel bon goût de railler ma naissance bourgeoise !

LA MARQUISE.

Bourgeoise? Allons donc! On peut voir
Au fronton de votre manoir
Un écusson haut d'une toise !

LA BARONNE, mordante.

Et l'on peut voir qu'il n'y manque pas une ardoise.
Il en manque beaucoup à des toits que je sais

Où s'abritent les fiers descendants des Croisés,
Qui nous dominent tous de leurs têtes altières,
Mais n'ont pas le moyen de boucher leurs gouttières.

SCÈNE II

LA MARQUISE, LA BARONNE, LE DOCTEUR.

LA MARQUISE, découvrant le Docteur.

Vous étiez là ? En vérité
Trouvez-vous qu'il soit bien honnête
D'assister à ce tête-à-tête
Où vous n'étiez pas invité ?

LE DOCTEUR, très à l'aise.

Un médecin chez ses clientes
(Vous l'êtes l'une et l'autre) est invité de droit.
Soyez plutôt reconnaissantes
Au Ciel si ma présence en cet endroit
N'est pas avec angoisse désirée,
Comme il arrive trop souvent.
Aimeriez-vous donc mieux qu'il en fût autrement ?
Que je vinsse chez vous appelé brusquement
Pour une éruption tout à coup déclarée,
Pour un cas foudroyant de choléra-morbus,
Pour une attaque de typhus,

D'anévrisme ou d'appendicite,
De croup, d'angine ou de néphrite,
Ou pour la morsure d'un chien
Enragé...?

LA BARONNE.

Non, merci ! Mais vous ne disiez rien :
Pourquoi?

LE DOCTEUR.

Rompre un tel entretien
Tout pétillant d'esprit et de grâce légère?
Quelque sot! Pour un malheureux provincial
C'est un trop peu commun régal.
Chez nous, l'on n'entend pas souvent jouer Molière.
Je croyais applaudir les Comédiens du Roi
Donnant le *Bourgeois Gentilhomme*

Il rit.

Écrit au féminin.

LA BARONNE, furieuse, montrant la Marquise.

Écoutez, mon brave homme.
Puisque ici vous prenez son parti contre moi,
Demain, sans plus tarder, chez mon homme d'affaires,
Vous ferez, s'il vous plait, régler vos honoraires.
Allez! Plaignez ceux qui n'ont pas reçu des Cieux
L'inestimable don qu'on nomme des aïeux.
Êtes-vous fils d'un duc? Si vous aimez Molière,
Il témoigne souvent l'estime singulière
Qu'il a pour vos pareils. Purgon, Diafoirus,
Ne sont pas tous avec Molière disparus,

Et je pense que vous en savez quelque chose.
Eh! bien; qu'en dites-vous?

LE DOCTEUR, très calme.

Moi? Je dis que la rose
A des épines quelquefois.
Et je dis que nos anciens rois
Furent mal inspirés en créant la noblesse.
N'être pas *né*? Quelle tristesse!
Mais, si vous êtes *né*, essayez seulement
De vous faire donner, non pas une ambassade,
Mais, dans la plus humble bourgade,
Un bureau de tabac, tout simplement.
Pourtant cela suffit à brouiller deux voisines
Qui n'ont peut-être pas les mêmes origines,
Mais qui, pour la grâce et l'esprit,
N'ont rien à s'envier. Arrêtons ce conflit :
Embrassons-nous...

Les deux femmes sont choquées...
Pardon, je voulais dire :
Embrassez-vous.

LA MARQUISE ET LA BARONNE, ensemble, avec violence.

Jamais!

LE DOCTEUR.

Oh! oh! Le cas est pire
Que je croyais. Heureusement, j'ai le moyen
D'abaisser vos températures
Sans quinines et sans bromures.
Vous allez voir que tout finira bien.

LA BARONNE.

Malgré votre talent, permettez que j'en doute.

LE DOCTEUR.

Attendez : tout à l'heure, en venant, sur la route
    J'ai trouvé monsieur votre époux
Qui, vous sachant ici, m'a confié pour vous
    Un assez important message.
Ou je me trompe fort, ou ce charmant visage
    Va nous rendre instantanément
Le sourire dont vous privez cruellement
    Vos amis, depuis un quart d'heure.

LA BARONNE, radoucie.

Quel message ?

LE DOCTEUR.

            Ah ! la mine est déjà bien meilleure.
    Que sera-ce quand vous aurez appris
Que le procès qui vous retient en nos parages
Est transigé, qu'il faut préparer vos bagages,
    Et que demain vous partez pour Paris ?

LA BARONNE, lui sautant au cou.

Ah ! venez que je vous embrasse !

LE DOCTEUR.

Bon ! Mais n'embrasserez-vous pas
Celle que vous quittez pour retourner là-bas ?

16

LA BARONNE, embrassant la Marquise qui se laisse faire.

Chère amie! Oubliez de grâce
Des propos en l'air... Allons! dans mes bras!
Et lorsque vos promenades champêtres...

LA MARQUISE.

... En sabots...

LA BARONNE.

... Vous amèneront sous mes fenêtres,
Songez qu'il y aura toujours un sérieux
Sentiment entre nous.

Elle sort en courant.

LE DOCTEUR.

Oui; et, ce qui vaut mieux,
Entre vous il y aura... deux cents kilomètres.

Mars 1917.

FIN

TABLE

8993-5-19. — Coulommiers. Imp. PAUL BRODARD. — 9-19.

www.ingramcontent.com/pod-product-compliance
Lightning Source LLC
Chambersburg PA
CBHW071910020726
47502CB00003B/962